KB089366

신기루

작가의 말

우리가 살고 있는 세상은 존재하는 것일까요?

존재한다는 것은 무엇일까요?

우리는 존재하는 것일까요?

현재도 미래도 모두 과거가 되어 버리는 시간 속에서

우리가 찾으려 하는 것은 무엇일까요?

그럼 시간은 존재하는 것일까요?

우리가 존재하는 아니 존재하고자 하는 이유는 무엇일까요?

어쩌면 세상 모든 것은 신기루는 아닐까요?

2024년 여름
이 훈 국

목차

신기루

등장인물

타린, 동키, 도어

신기루

무대 위 중앙에 아주 작은 철문이 보인다.
주변에는 침대, 테이블 꽃병이 보인다. 꽃병에는 꽃이 아닌 무언가가 꽂혀 있다.
타린, 침대 옆에 쪼그려 앉아 있다.
몽환적인 음악 서서히 줄어들면, 타린, 침대 밑에서 조심스럽게 나온다.

1.

동키 갔어?

타린 응.

동키 이 자식들…… 도대체 우릴 잡아다가 뭘 하려는 거지?

타린 죽을 거야…… 아마.

동키 그런 소리 하지 마라.

타린 살 수 없을 거야, 우린.

동키 그런 소리 하지 마라.

타린 땅콩 잼이 먹고 싶어.

동키 그런 소리 하지 말래두. 자꾸 그런 말 하면 아마 우릴 땅콩 잼으로 만들어 버릴지도 몰라.

타린 넌 몰라서 그래. 난 어릴 적부터 땅콩 잼이 좋았어.

동키 아마 우릴 지켜보면서 비웃고 있는 게 분명해.

타린 미칠 것 같아.

동키 미친놈들.

타린 우린 아마 여기서 나갈 수 없을 거야.

동키 여기서 빠져나갈 수 있는 방법을 생각해 보자.

타린 동키! 나 머리가 아파.

동키 넌 생각만 하려면 머리가 아프다고 엄살이냐.

타린 정말이야…… 추워.

동키 걱정 마. 여기서 빠져나가면 다 괜찮아질 거야. 모두 심리적인 거야.

타린 동키. 난 너무 추워. 이곳이 맘에 들지 않아.

동키 생각해 봐. 밖에 나가면 넌 뭐든지 할 수 있어.

타린 난 아무것도 하고 싶지 않아.

동키 신 나게 뛰어 노는 생각을 해 봐.

타린 난 아무것도 하고 싶지 않아.

동키 네가 좋아 하는 걸 얼마든지 먹을 수 있어.

타린 그럼…… 땅콩 잼도?

동키 그래, 땅콩 잼도!

타린 정말 신 나는데.

동키 그래. 정말 신 나는 일이지. 그럼 이제부터 여기서 빠져나갈 방법을 찾아보자.

타린과, 동키 철문을 바라본다.

타린 (철문을 바라보며) 저길 어떻게 나가?

동키 글쎄…….

타린 저긴 너무 커.

동키 저긴 큰 게 아니라 작아. 작아서 나갈 수 없는 거야.

타린 아냐. 저긴 너무 거대해. 나가기 전에 아마 문이 덮쳐 올 거야.

동키 그렇지 않아. 저긴 작아. 작아서 나갈 수 없는 거야.

타린 우린…… 아마 여기서 죽을 거야.

동키 그렇지 않아. 분명히 방법이 있을 거야.

타린 동키. 나 너무 추워…….

동키 생각을 하자. 분명히 방법이 있을 거야.

타린, 쓰러진다.

동키 (타린을 보며) 너 왜 그래? 타린? 타린!

2.

중앙에 있는 문이 커다란 문으로 바뀌어 있다. 문을 바라보는 동키와 타린.

타린 문이 좀 커진 것 같은데?

동키 아냐. 심리적인 거야.

타린 그동안 더 자란 것 같아…….

동키 문은 그대로야. 문이 자란다는 소리는 지금껏 들어 본 적도 없어.

타린 그건 문에 관심 없는 사람들이 말하는 거야. 세상에 존재하는 모든 것들은 변하고 자라기 마련이야. 그래서 힘든 거야.

동키 그게 왜 힘들지?

타린 변하는 건 무서운 거야.

동키 힘든 게 왜 무섭지?

타린 넌 몰라. 아무것도 몰라.

동키 아니 난 알아. 뭐든 다 알아. 그렇기 때문에 네가 하는 말들이 나에겐 불필요해.

타린 무서워…….

동키 이 세상은 참 아름다운 세상이야.

타린 힘들어…….

동키 알고 보면 이곳도 나름 운치 있어. (한쪽 바닥을 바라보며)

그래. 난 이곳에다 밭을 만들 거야. 채소 씨앗을 뿌리고 잘 키울 거야.

타린 추워…….

동키 그래 이쪽 벽에다 창문을 달 거야. 창밖이 훤히 보이도록 말야. 밖에는 풍차가 돌고 있을 거야. 목동은 양 떼들을 데리고 푸른 언덕을 지나갈 거고…… 그래 그럼 난 목동을 향해 손을 흔들 거야.

타린 아파…….

동키 그리고 목동도 나를 보며 반기게 될 거야.

타린 그만해…….

동키 뭐?

타린 네 얘기 따윈 듣고 싶지 않아…….

동키 너, 저질이구나.

타린 시끄러! 시끄러!

동키 시끄러! 시끄러! 시끄러! 네 말은 더 시끄러. 알아? 난 지금 중요한 비즈니스를 하는 거야. 넌 내 말을 듣지 않아도 돼. 하지만 넌 내 얘길 꼭 들어야 하는 이유도 있어. 그건 내가 중요한 비즈니스에 대한 이야기를 하고 있기 때문이야.

타린 난 비즈니스에 대한 이야기 따윈 듣지 않을 거야. 난 지금 너무 아파.

동키 넌 어린아이 같아. 네 말들은 어린아이의 칭얼거림에 지

나지 않아.

타린 동키! 우린 지금 갇혀 있어. 넌 지금 네 비즈니스 따위 때문에 지금 네가 속한 현실을 망각하고 있어.

동키 아니! 난 알아. 지금 우리는 여기에 함께 있고 우린 똑같이 갇혀 있어. 그렇기 때문에 난 이 현실의 돌파구를 찾고 있는 거야.

타린 돌파구 따윈 없어.

동키 아니 돌파구는 있어. (커다란 철문을 가리키며) 저기. 바로 저기가 우리의 돌파구야. 우리는 저 문을 통해 밖으로 나갈 거야.

타린 저 문은 열리지 않아. 저 문으론 우린 절대 나갈 수 없어. 왜냐하면 저 문은 우릴 위해 존재하는 것이 아니기 때문이야.

동키 정신 차려. 타린! 문은 열리지 않기 위해 존재하는 것이 아니야. 문은 열리기 때문에 존재하는 거야. 공간과 공간을 만나게 하는 유일한 매개체가 바로 문이야.

타린 난 어릴 적부터 문을 별로 좋아하지 않았어.

동키 타린. 넌 지금도 별로 좋아하지 않잖아.

타린 난 차라리 문 따윈 없어져 버렸으면 좋겠다는 생각을 한 적이 있어.

동키 그건 타린 네가 문을 경멸하기 때문이야. 무언가 경멸하게 되면 없어져 버렸으면 좋겠다는 생각을 하게 되지. 나도 내가 키우던 개가 있었어. 내가 정말 많이 예뻐했는데 글쎄 어느 날 날 물지 않겠어. 그래서 없어져 버렸으면 좋겠다는 생각을 한 적이 있어. 타린 넌 분명 문을 좋아하지 않아. 아마도 넌 문지방에 발가락이 끼었거나 문을 열고 닫을 때 손가락이나 혹은 머리를 부딪친 적이 있을지도 몰라.

타린 함부로 말하지 마. 알지도 못하면서.

동키 아니. 난 뭐든 다 알아. 알지도 못하는 건 바로 너야. 타린 넌 어린아이 같아.

타린 시끄러.

동키 시끄러! 시끄러! 시끄러! 내 화술은 분명하고 논리적이야. 직설화법을 사용하고 있어. 하지만 너의 말은 부정확하고 비논리적이야. 넌 분명 어린아이 같아.

타린 네가 뭘 안다고 나에게 떠들어. 넌 정말이지, 최악이야.

동키 어떻게 나한테 그렇게 말할 수 있지? 난 널 위해서 한 말인데 나에게 어떻게 최악이라고 말할 수 있는 거지?

타린 그건 네가 최악이기 때문이야. 동키! 넌 분명 좋은 놈이야. 하지만 나에 대해 함부로 말하지 않았으면 좋겠어. 네가 분명 아는 것이 많다고 하더라도 그리고 분명 그것이 설사 다 맞는 이야기라 할지라도 분명한 것은 나에게 만큼은 함부로 말하지 말아 줘. 날 잘 알지도 못하면서 함부로 말하는 건 정말 최악이기 때문이야. 나는 정말 아파…….

동키 네가 그렇게까지 생각할 줄 몰랐어. 아팠다면 미안해.

타린 사과는 받아들이겠어. 이제 나에 대해서는 함부로 말하지 말아 줘.

동키 미안해. 타린. 이제 너에 대해서는 함부로 말하지 않을게.

타린 고마워. 동키. 넌 정말 좋은 친구야.

동키 정말?

타린 응.

동키 정말, 난 타린에게 좋은 친구야?

타린 응. 넌 정말 좋은 친구야.

동키 고마워! 나 지금 너무 기뻐!

타린 나두. 나두 너무 기뻐!

동키 너무 기뻐. 너무 너무 기뻐! 난 타린에게 좋은 친구였어. 그렇지 타린?

타린 맞아. 넌 분명 좋은 친구야.

동키 으아아. 어떡하지. 어떡하지. 너무 기쁜데. (잠시 생각하다) 그래. 그 방법이 있었어.

타린 뭔데?

동키 춤을 추자.

타린 춤?

동키 그래. 춤!

타린 난 별로 춤 추고 싶진 않은데…….

동키 추자. 춤!

타린 난 좀 쉬고 싶어.

동키 안 돼. 안 돼. 이렇게 중요한 날, 기념이 될 만한 무언가를 해야 돼. 춤추자 타린.

타린 (잠시 고민하다) 그래. 추자. 춤!

동키 으아아! (타린을 일으키며) 자 일어나 타린.

둘이 묘한 춤을 추기 시작한다. 묘한 분위기의 음악이 흘러나온다.

3.

동키와 타린 침대위에서 자고 있다. 타린, 악몽을 꾸는 듯 뒤척이며 잠꼬대를 한다.

타린 가지 마. 제발…… 제발 가지 마…… 안 돼. 문 열어 줘!

잠에서 깨어난 타린, 거친 숨을 몰아쉰다. 동키, 타린의 소리에 놀라서 깬다.

동키 왜? 무슨 일이야? 이 자식들 또 쳐들어온 거야?

타린 꿈을 꾸었어…….

동키 아이 깜짝이야. 난 또 뭐라고.

타린 무서워…… 정말 무서워.

동키 타린, 괜찮아. 봐. 아무 일도 없잖아. 그깟 악몽 때문에 무서워하지 마. 주위를 봐. 조용하잖아.

타린 하지만 정말 무서운 걸.

동키 그럼 내가 노래 불러 줄까?

타린 노래?

동키 응. 노래.

타린 어떤 노래?

동키 음…… 글쎄? 아는 노래가 없다. 난 아는 노래가 없어. 타린 넌 있어? 아는 노래가?

타린 글쎄…… 나도 없는 것 같아.

동키 그럼 어떡하지. 아는 노래가 없으니.

타린 글쎄…… 그럼 노래 부르지 않아도 돼.

동키 아냐. 아냐. 난 불러 줄 거야. 노래를.

타린 하지만 우린 아는 노래가 없잖아.

동키 그럼 아는 노래는 없으니까…… 그래! 그럼 모르는 노래를 불러 줄게.

타린 모르는 노래?

동키 응.

타린 그걸 어떻게 불러?

동키 잘 들어 봐. (노래한다) 세상에 나쁨은 없다. 세상에 기쁨만 있으리. 가슴이 답답할 땐 노래를 부른다. 우리가 모르는 노래를…… 어때?

타린 넌 천재야.

동키 정말?

타린 넌 너도 모르는 노래를 부르잖아.

동키 맞아. 내가 알지도 못하는 노래를 어떻게 불렀지?

타린 아마. 넌 전생에 작곡가였는지도 몰라.

동키 정말? 내가 정말 작곡가였을까?

타린 응. 분명한 건 가수는 아니었을 거야.

사이.

동키 타린. 고마워.

타린 아니. 정말 고마워해야 할 사람은 바로 나야. 세상에 단 하나밖에 없는 노래를 들려줬잖아.

동키 세상에 단 하나밖에 없는 노래?

타린 그래. 아무도 알지 못하는, 작곡자도 모르는 세상에 단 하나밖에 없는 모르는 노래.

동키 세상에 단 하나밖에 없는 모르는 노래…… (울음을 터트린다.)

타린 왜 그래?

동키 너무 감격적이야. 눈물이 나와.

타린 울지 마…….

동키 너무 고마워. 타린.

타린 아냐. 정말 고마워해야 할 사람은 나라니까…… (울며) 자꾸 울지 마…… 나 슬퍼져.

동키 타린, 고마워.

동키와 타린 서로 끌어안고 울고 있다.

4.

중앙의 벽에 문이 없어지고 벽뿐이다.
벽을 더듬으며 문을 찾고 있는 동키.
타린은 꽃병에 있는 무언가에 물을 주고 있다.

동키 어떻게 된 거지? 이럴 리가 없는데.

타린, 관심 없는 듯 하품을 늘어지게 한다.

동키 타린, 혹시 못 봤어?

타린 뭘?

동키 문 말야. 문!

타린 문이 뭘 어쨌게?

동키 문이 사라져 버렸단 말야.

타린 근데?

동키 이상하잖아.

타린 왜?

동키 문이 사라져 버렸으니까?

타린 그게 왜 이상하지?

동키 문이 사라져 버렸으니까 이상하지.

타린 내가 말했잖아. 세상 모든 것은 변한다고. 하물며 그 문도 변하는 게 당연하지.

동키 어떡하지. 어떡하지.

타린 너무 커져 버렸나? 아님 너무 작아져 버렸나?

동키 이제 탈출구가 없는데. 어떻게 나가지.

타린 그게 아니면 원래부터 문이 없었을지도 모르지.

동키 생각을 하자. 생각을…….

타린 넌 생각이 너무 많아 동키. 아예 생각을 하지 마. 그럼 혹시 문이 나타날지도 모르잖아.

동키 우린 이제 나갈 수 없어. 갇혀 버린 거야.

타린 우린 원래 갇혀 있었어. 동키.

동키 하지만 그때는 문이 있었다고!

타린 그래. 문이 있었지. 하지만 그 문은 우릴 위한 문이 아니었어.

동키 그렇게 말하지 마. 내겐 유일한 삶의 희망이었다구!

타린 나는 희망 따위 믿지도 갖고 싶지도 않아.

동키 희망이 없다고?

타린 그래. 난 희망 따윈 개나 줘 버릴 거야.

동키 어떻게 그럴 수 있지?

타린 왜 그럼 안 되지?

동키 희망이 없는 삶은 죽은 거나 마찬가지라구.

타린 그럼 난 죽었어.

동키 넌 살아 있잖아.

타린 그래. 난 살아 있어. 그럼 죽은 거나 마찬가지가 아니야.

동키 그래. 그렇군. 넌 분명히 살아 있으니까 죽은 거나 마찬가지라는 말은 취소할게.

타린 그래.

동키 우리가 지금 무엇을 하고 있었지?

타린 난 꽃에 물을 주고 있었어.

동키 그럼 난 뭘 하고 있었지?

타린 그건 나에게 물어보면 안 되지. 난 내일에 집중하고 싶어.

동키 생각하자. 생각…… (생각에 잠기더니) 으아아!

타린 생각났어?

동키 아니 도통 생각이 나질 않아.

타린 그럼 잠시 쉬어. 쉬다 보면 곧 생각이 날지도 몰라. 넌 너무 생각을 많이 해서 그래.

동키 고마워 타린. 난 생각이 많은 사람인가 봐.

타린 그래. 맞아. 문 따위는 없어도 되니까 그냥 잊어버려.

동키 네 말이 맞아. 그런 것 때문에 신경 쓰다 보니까 내가 뭘 하고 있었는지 오히려 더 생각이 안 나는지도 몰라. 근데 정말 문은 어디 간 걸까?

타린 자꾸 생각하다가 또 까먹는다.

동키 그래. 이제 잊어야지…… 그래. 문을 만들면 되잖아. 맞아! 타린. 문을 만들면 나갈 수 있잖아.

타린 좋은 생각인걸.

동키 왜 그 생각을 못했지?

타린 정말 좋은 생각이긴 하지만 한 가지 치명적인 실수를 했어.

동키 실수? 실수라니?

타린 우린 문을 만들 재료가 없어.

동키 아…… 그렇구나.

타린 너무 상심은 마. 어차피 없어진 문이니까.

동키 너의 위로가 별로 위로가 되지는 않네.

타린 잘 생각해 봐. 그래도 좋은 소식은 있어.

동키 그 어떤 말로도 문을 만들지 않는 이상 위로가 될 수 없다는 걸 알아.

타린 과연 그럴까?

동키 뭔데?

타린 좋은 소식은 바로 이제 더 이상 놈들이 들어올 수 없다는 거야.

동키 왜지?

타린 문이 없잖아.

동키 (사이) 맞아. 그래. 그놈들이 더 이상 들어올 수 없는 거로군.

타린 그래. 이제부터는 방해받지 않아도 된다. 이거야.

동키 이거 정말 신 나는 일인데.

타린 어때? 이래도 위로가 되질 않나?

동키 아니 이건 정말 신 나는 일이야. 더 이상 문이 없어도 난 걱정이 되지 않아.

타린 이제 그놈들 눈치를 보지 않아도 돼.

동키 맞아. 지긋지긋한 놈들. 쌤통이다.

타린 쌤통이다.

동키 오늘은 축배를 들 날이로군.

타린 그렇지. 오늘 같은 날을 위해서 내가 준비한 술이 있어.

<u>타린, 꽃병에 있는 물을 와인 잔에 따른다.</u>

동키 의미 있는 날에 받는 술은 더 맛이 깊어지는 법이지. 바로 우리의 우정처럼 말이야.

타린 자, 우리의 영원한 우정을 위해 건배를 하자구.

동키 우정을 위해!

타린 우정을 위해!

함께 잔을 들어 마신다.

5.

얼굴이 하얗고 검은색 양복을 입은 누군가(도어)가 서 있다. 침대 밑에 숨어 있는 동키와 타린의 모습이 보인다. 역시 문은 없다.

동키 왜 안 가고 서 있지.

타린 아직 볼일이 남았나 보지 뭐.

동키 그런데 왜 꿈쩍도 하지 않는 거지.

타린 (사이) 혹시?

동키 혹시?

타린 아냐…….

동키 말해 줘.

타린 아냐. 아냐.

동키 궁금하잖아. 말해 줘.

타린 끔찍한 생각을 했어.

동키 끔찍한 생각이라니?

타린 혹시 죽었을지 모른다는 생각을 했거든.

동키 맙소사.

타린 왜 그래?

동키 그럼 우리가 범인으로 몰릴 수도 있다는 거 아냐?

타린 만약 저치가 죽었다면…….

동키 그럼 어떡하지?

타린 묻어야지.

동키 묻어?

타린 응. 묻어야 돼.

동키 증거인멸?

타린 응. 증거인멸. 그런데 어디다 묻지?

동키 여긴 묻을 곳이 없어.

타린 침대 밑은 어떨까?

동키 침대 밑?

타린 침대 밑.

동키 안 돼. 침대 밑은.

타린 왜 안 되지?

동키 침대 밑에 숨기면 내가 숨을 곳이 없잖아.

타린 그렇군. 그럼…… 어디가 좋을까?

동키 생각이 도통 나질 않아.

타린과 동키, 머리를 감싸 쥐고 앉아 있다.

타린 아!

동키 왜 그래?

타린 좋은 곳이 생각났어.

동키 어딘데?

타린, 귓속말로 속닥거린다.

동키 (놀라서) 침대 밑?

동키의 입을 막는 타린.

타린 쉿!

동키 좋은 생각인데?

타린 그렇지?

동키 그럼 저 시체가 눈치챌 수 있으니까 조심히 움직이자.

타린 좋은 생각이다.

동키와 타린 조심스럽게 침대 밑에서 나와 양복 입은 도어에게 살금살금 다가간다.
동키, 손으로 쿡 찔러 본다.

동키 죽은 게 확실하군.

타린 그래?

동키 그런데 이 자식은 어떻게 여기에 있는 거지?

타린 누가 몰래 버렸겠지 뭐.

동키 문이 있었다면 가능하지만 지금은 문이 없잖아.

타린 아! 그렇군. 어떻게 들어온 거지?

동키 (머리를 감싸며) 아…….

타린 왜 그래?

동키 잠시만. 어떻게 들어왔을까 생각하고 있어.

타린 생각났어?

동키 아직.

타린 지금은? 지금은 어때?

동키 아직이야.

타린 이거 정말 스릴이 넘치는군.

동키 앗!

타린 뭔데?

동키 뇌리를 번뜩 지나치는 아주 좋은 생각이 떠올랐어.

타린 그게 뭔데?

동키 (도어를 바라보며) 이 자식한테 물어보는 거야.

타린 이 자식은 죽었는데 어떻게 물어봐?

동키 혹시 살아 있을 수도 있잖아.

타린 그럴 가능성도 배제할 순 없지.

동키 좋아. 그럼 타린. 어서 물어봐.

타린 내가?

동키 어서.

타린 이거 정말 스릴 넘치는 일이군. (사이) 안 되겠어. 난 이런 일에 익숙하지 않아.

동키 이런 일에 익숙한 사람이 어디 있어.

타린 속이 안 좋아.

동키 넌 매사에 부정적이라 그래.

타린 갑자기 너무 추워.

동키 알았어. 내가 할게.

동키, 도어에게 다가간다.
도어, 눈을 꿈뻑거린다.
동키, 놀라서 침대 밑으로 들어간다. 타린도 덩달아 놀라 들어간다.

타린 왜 그래?

동키 (가쁜 숨을 몰아쉬며) 저 자식 살아 있어.

타린 분명해?

동키 응. 분명해.

타린 어떻게 그걸 단정 지을 수 있지?

동키 내가 두 눈으로 분명히 봤어.

타린 뭘? 뭘 봤다는 거야.

동키 눈을 이렇게 (끔뻑이며) 끔뻑끔뻑하는 걸 이 두 눈으로 봤다고.

타린 그럼 분명 살아 있는 게 확실하군.

동키 그렇다니까?

타린 좋아. 그럼 오히려 잘됐어.

동키 뭐가 잘됐다는 거야.

타린 저자식이 살아 있으니까 이제 물어보면 되잖아?

동키 뭘…… 뭘 물어봐?

타린 그게…… 그래! 문! 문의 행방에 대해 물어보자.

동키 그래! 저 자식 표정이 난 문의 행방에 대해 알고 있어요. 하는 눈치야.

타린 어서 가서 물어봐.

동키 그럼 타린 네가 물어보면 안 될까?

타린 갑자기 너무 추워…….

동키 알았어. 내가 물어볼게.

도어에게 조심스레 다가가는 동키.

동키 저기요.

도어, 말없이 눈만 끔벅인다.

동키 (도어를 쿡 찌르며) 저기요.

도어 우주는 말이죠. 참으로 오묘해요. 토성에 가 보셨나요? 토성은 목성형 행성으로 기체와 액체로 이루어져 있으며 밀도가 상당히 낮습니다. 특히나 토성은 밀도가 태양계 행성에서 가장 낮다고 하죠. 물의 밀도보다 낮기 때문에 만약 물 위에 있다면 물 위에 뜰 정도라고 하죠. 밀도가 그렇게 낮지만 부피가 어마어마하기 때문에 질량도 상당합니다. 태양계에서 두 번째로 큰 행성입니다. 그리고 자전 속도가 상당히 짧기 때문에 적도 부분이 상당히 불룩합니다. 보기만 해도 찐빵 모양이죠. 저희 어머니가 찐빵을 상당히 잘 만드셨어요. 찐빵에는 팥고물이 들어가는 찐빵이 오리지널 찐빵이라 할 수 있어요.

동키 저는 찐빵을 별로 안 좋아해요.

도어 아, 그렇군요. 저는 좋아해요.

동키 아, 그렇군요. 저는 안 좋아합니다.

도어 아, 역시 그렇군요. 저는 상당히 좋아합니다.

동키 아, 그렇다면 저도 앞으로는 좋아할 수도 있겠네요.

도어 그거야 저는 모르는 일이죠.

동키 저도 모르겠어요.

도어 모르는 걸 왜 저한테 묻는 거죠?

동키 아, 초면에 실례가 많았습니다.

도어 그럼, 살펴 가세요.

동키 네, 감사합니다.

동키, 타린에게 간다.

타린 뭐래?

동키 상당히 점잖고 학식이 뛰어난 분이야.

타린 어떤 이야기를 했는데?

동키 우주와 토성. 그리고 아! 맞다. 찐빵에 관한 이야기를 했어.

타린 찐빵?

동키 응. 찐빵.

타린 찐빵에 관한 이야기를 하면 어떻게 해.

동키 왜? 찐빵에 관한 이야기를 하면 안 돼?

타린 동키, 넌 문의 행방에 대한 이야기를 했어야 했어.

동키 아…… 이제 생각이 났어. 어떡하지. 타린.

타린 이미 엎질러진 물인 걸 어쩌겠어.

동키 미안해.

타린 미안하다는 말을 듣고 싶은 게 아냐.

동키 하지만 정말 미안해서 한 말이야.

타린 알았어. 그 사과 받아들일게. 넌 나의 친구니까.

동키 고마워. 이 은혜 잊지 않을게.

타린 좋아. 그럼 지금부터 저 자식이 아니 저분에게 문에 대한 행방을 물어보자.

동키 알았어. 이번엔 찐빵에 대한 이야기는 절대 하지 않을 거야.

타린 (점잖게 걸어가며) 실례합니다.

도어 오늘은 날씨가 참 좋아요. 무지개가 뜨는 날 눈이 내리는 걸 보셨나요? 저는 무지개가 뜨는 날 눈이 내리면 기분이 참 좋습니다. 그럴 땐 가끔씩 휘파람을 불어요.

타린 휘파람이요.

도어 네. 휘파람이요.

타린 휘파람을 어떻게 불죠.

능숙하게 휘파람을 부는 도어.

타린과 동키 따라해 보지만 소리가 나질 않는다.

도어 휘파람을 불 줄 모르시는군요.

타린 전 휘파람을 불 줄 모릅니다.

도어 휘파람은 입을 동그랗게 모은 다음, 윗입술과 아랫입술 사이로 바람을 밀어내면 아주 간단하죠.

타린, 다시 한 번 하지만 잘 되지 않는다.

타린 생각만큼 쉽지는 않네요.

도어 그런데 옆에 분은 누구?

동키 아, 저는 이 친구의 친구입니다.

도어 아. 이 친구의 친구이시군요.

동키 네. 맞습니다.

도어 반갑습니다.

동키 그런데 누구시죠?

도어 저에 대한 사적인 걸 물어보지 마십시오. 저는 제 개인사에 대한 이야기는 언급하고 싶지 않으니까요. 혹시 찐빵 싫어하시죠?

동키 네. 그걸 어떻게 알았죠?

도어 찐빵을 싫어할 것처럼 보여서 말한 겁니다. (타린을 바라보더니 동키에게) 친구를 잘 두셨네요.

동키 맞아요. 제가 아끼고 사랑하는 친구죠.

도어 (타린에게) 그런데 당신들은 왜 여기에 있죠?

타린 그건…… 잘 모르겠어요.

도어 언제부터 여기에 있었던 거죠?

동키 꽤 오래되었어요. 사실 저희는 계속 여기에 있었는데 당신은 누구신데 여기에 오신 거죠?

도어 저는 개인적으로 제 개인사에 대해 말하는 걸 싫어합니다. 하지만 여기 온 이유는 말씀드리죠. 바로 당신들의 고민을 상담해 주기 위해 온 겁니다.

타린과 동키 서로 바라본다.

동키 고민이 있다는 걸 어떻게 알았죠.

도어 고민이 있다는 걸 알 수 있는 방법은 많습니다. 바로 여러분들의 얼굴에 나타나 있는 표정을 보면 금방 알 수 있죠. 이곳은 상당히 매력적인 공간입니다. 이곳에 있는 여러분들은 상당히 좋으시겠어요.

동키 (웃으며) 그런가요?

타린 저기. 잠시만요. (동키를 한쪽으로 데리고 가며) 동키. 이상하지 않아?

동키 이상하다니?

타린 우린 지금 문의 행방에 대한 이야기를 하려고 했어.

동키 맞아. 그러고 보니 우린 문의 행방을 알려고 했어.

타린 하지만 너나 나나 문에 대한 행방은 언급하지 못했지. 이상한 점이 한두 가지가 아니야.

동키 또 어떤 이상한 점이 있지?

타린 문이 없는데 여길 어떻게 들어왔느냔 말야.

동키 그러고 보니 그렇군.

타린 혹시 우릴 가둔 놈이 저자식이 아닐까?

동키 저자식이? 그러고 보니 여길 좋다고 이야기하잖아.

타린 그래. 바로 그거야. 저 자식은 우리를 여기에 영원히 붙잡아 둘 생각인 것 같아.

동키 나쁜 새끼.

타린 욕하지는 마.

동키 왜지? 왜 욕을 하면 안 되는 거지.

타린 욕을 들으면 난 너무 불안해져. 오한이 느껴지는군.

동키 미안해. 타린.

도어 (타린에게 다가가며) 왜 그러시죠?

동키와 타린 놀란다.

동키 실례지만 무슨 권리로 저희에게 다가오는 겁니까?

도어 그건 바로 자유 접근권이 있기 때문이죠.

동키 자유 접근권이요?

도어 네. 그렇습니다. 자유 접근권.

타린 그게 어떤 권리죠?

도어 바로 여러분들처럼 저의 접근이 부당하다고 느끼실 때 내세울 수 있는 권리죠.

동키 그럼 혹시 그 권리가 저한테도 있는 건가요?

도어 인간이라면 누구나 갖고 있는 권리입니다.

타린 당신은 정말이지 좋은 분이셨군요.

도어 그런 소리는 종종 듣는 편입니다.

타린 그럼 점잖게 묻겠습니다.

도어 무엇이든지.

타린 저희는 며칠째 보이지 않는 문의 행방에 대해 알고 싶습니다.

도어 네? 뭐라고요?

동키 문이요. 문.

도어 문이라고요?

타린 네. 문이요.

도어 문에는 여러 종류의 문이 있습니다. 열고 닫는 여닫이문과 밀고 당기는 미닫이문이 있어요. 그리고 손잡이가 동그랗게 생겨서 돌려 여는 문과 단추를 눌러 여는 문이 있죠. 요즘은 시대가 너무 좋아져서 자동문을 사용하죠. 인간은 이제 좀 더 편한 생활을 누리려 손대고 문을 열려하지 않아요. 그러다 보니 점점 나태해지고 그런 나태함으로 결국 파멸에 이르게 되는 거죠.

동키 저희가 찾고 있는 문은 철문입니다.

도어 철문이요?

동키 네. 철문.

도어, 수첩을 꺼내 종이에 적는다.

도어 철문이라…… 그게 뭐죠?

동키 네? 철문 모르세요?

도어 철문이라면 혹시 철로 만든 문인가요?

타린 네 맞아요. 철로 만든 문이에요.

도어 어떻게 그럴 수 있지?

동키 왜 그러시죠?

도어 어떻게 철로 문을 만들 수 있는 거죠?

타린 그럼 당신은 혹시 지금껏 단 한 번도 철로 된 문을 보지 못했다는 겁니까?

도어 당연하죠.

타린 당연하다니요.

도어 당연히 볼 수 없을 수밖에요.

타린 그게 무슨 말인가요?

도어 제가 당연히 볼 수 없는 이유는 그런 문은 세상에 존재하지 않기 때문이죠.

동키 네?

타린 존재하지 않는다고요?

도어 철로 만든 문은 지금껏 존재하지도 않았고 앞으로도 영원히 존재하지 않을 겁니다.

서로 마주 보는 동키와 타린. 갑자기 웃기 시작한다.

도어 (의아해하며) 왜 웃으시는 거죠?

타린 혹시 머리를 다치셨나요?

도어 그게 무슨 말씀이시죠?

동키 세상에 철로 만든 문이 없다고 하니까 그런 거죠.

도어 없습니다.

타린과 동키 다시 웃는다.

동키 철로 만든 문이 없다는 근거라도 있나요?

타린 근거를 대면 인정할게요.

도어 그럼 철로 만든 문이 있다는 근거를 대 보세요.

동키 네? (웃으며) 그건 당연히…… 타린 네가 대 봐.

타린 철로 만든 문이 있는 결정적 근거는…… 분명 며칠 전까지 여기 중앙에 철로 만든 문이 있었습니다.

동키 저도 분명 봤습니다.

도어 그런데 왜 지금은 없는 거죠?

동키 그건…… (타린을 바라본다).

타린 그 문은 너무 커졌거나 작아져 버려서 찾기가 힘들어요.

도어, 갑자기 폭소한다.

도어 (웃음을 정리하며) 그게 무슨 말입니까.

동키 타린, 문은 커지거나 자라지 않아.

타린 그럼 좋습니다. 당신이 철문이 없다는 결정적 근거를 대 보세요.

도어 네. 좋습니다. 이 세상에 철문이 존재하지 않는 결정적 근거를 제시해 드리죠. 그건 바로…… 이 세상에는 철로 만들어진 물건이 없기 때문입니다.

타린 무슨 말씀이죠? 철로 만들어진 물건이 없다니요.

도어 철은 이미 이 세상에서 사라져 버린 지 오래되었습니다. 인류는 철이 필요했고 무분별한 철의 사용으로 지구에 있는 철을 모두 써 버렸어요. 결국 사용되었던 철 또한 녹슬고 부식되어 다 사라져 버렸죠. 이제 인류는 두 번 다시 철을 볼 수 없게 된 겁니다.

타린 말도 안 돼요.

동키 이건 정말 엄청 재미없는 농담이군요.

도어 이건 농담이 아니라 현실입니다. 그럼 주위에서 철을 찾아 보세요. 철을 찾는다면 제가 잘못 되었다고 인정하겠습니다.

타린 좋습니다. 그럼 저희가 철을 찾아보겠습니다.

동키 찾아보겠습니다.

공간을 살피는 동키와 타린. 한참을 찾아보지만 철은 없다.

타린 없네요.

도어 역시 그렇죠?

동키 하지만 여기 분명 있었습니다. 갑자기 사라진 거라구요.

도어 제 생각에는 분명 문은 없었을 겁니다.

타린 당신이 그걸 어떻게 단정 지을 수 있죠?

도어 제 개인적 견해입니다.

타린 그럼 문이 없는데 어떻게 들어왔죠?

동키 맞아. 어떻게 들어왔죠? 문이 없는데?

도어 당신들은 어떻게 들어왔죠? 문이 없는데?

동키 그건…….

타린 저희가 어떻게 들어왔는지는 설명드릴 수 없지만 분명한 건 정말 문이 있었다는 겁니다.

동키 제가 보증하겠습니다.

도어 두 분은 정말 좋은 친구 사이인 것 같습니다. 하지만 아무리 가까운 사이라고 해도 보증은 함부로 서는 게 아닙니다.

동키 하지만 정말…….

도어 당신들은 환상을 보고 있는지도 모르죠.

타린 환상이요?

도어 그래요. 환상. 그러니까 다시 말하자면 일종의 신기루 같은 것 말입니다.

동키 그렇지 않아요. 저희 이야기가 지금은 이상하게 들리실 줄 압니다. 하지만 저희는 분명 철문과 함께 있었습니다.

도어 함께 있었다고요.

동키 네 함께.

도어 함께?

타린, 동키 함께.

도어 함께라는 말의 사전적 의미는 서로 더불어, 아울러, 한꺼번에 같이라는 공동체 적인 의미를 갖기도 합니다. 그런데 왜 두 분밖에 없죠? 그것은 함께하지 않았기 때문입니다. 우리는 지금 이야기를 하고 있지만 사실 함께 있는 것이라 단정 지을 순 없는 거죠.

동키 그럼 우리는 함께 있지 않다는 말이군요.

도어 그럴 수도?

타린 그럴 수도? 그럼 그렇지 않을 수도 있다는 건가요?

도어 네?

타린 그게 무슨 말이죠?

도어 제가 여기 있지만 여기 없을 수도 있다는 거죠.

동키 난 이해가 가지 않아요. 타린 넌 이해가 가?

타린 아니. 나도 이해가 가지 않아.

도어 그러니까 다시 말해 어제 제가 이곳에 있었다고 치고 두 분은 없었다고 치죠. 10분 후 다시 두 분이 있고 제가 없었다고 칩시다. 그럼 우리는 함께 있는 걸까요?

타린 그건 함께 있는 거라 볼 수 없죠.

동키 그건 함께 있다고 볼 수 없습니다.

도어 왜 함께 있다고 볼 수 없는 거죠?

타린 그건 시간의 차이 때문입니다.

도어 시간의 차이요?

타린 네. 시간의 차이.

도어 시간의 차이?

동키 시간의 차이.

도어 시간의 차이라. 그럼 같은 시간에 있으면 함께 있는 건가요?

타린 네.

도어 예를 들면?

타린 예를 들면 같은 시간에 있는 당신과 같은 시간에 우리가 함께 있으니까요.

도어 또 다시 함께라는 말을 언급하는군요. 같은 한 공간에 분명 있었는데 시간의 차이 때문에 함께라고 볼 수 없다?
그럼 시간의 차이는 어떤 경계를 지을 수 있나요? 이 공간과 밖의 공간은 함께하는 공간일까요? 아닐까요? 그 경계는 또 무엇일까요? 그럼 어제와 오늘이라는 시간은 함께 있는 시간일까요? 아닐까요? 그 경계는 무엇으로 규정짓죠?
어제는 오늘이고 오늘은 내일이죠. 내일은 오늘이고 오늘은 어제죠. 그런 어제와 오늘과 내일은 같은 시간일까요?
과거와 현재 미래는 함께하고 있는 거죠. 어제와 일 년 전 십 년 전은 모두 이제 과거인 거죠. 우리가 바라보는 밤하늘의 별들은 시간의 차이 때문에 이미 존재하지 않을 수도 있지만 우리의 눈에 보이니까 그럼 함께하는 것일까요?
우리는 지금 살고 있지만 사실은 모두 죽은 겁니다. 그렇기 때문에 우린 과거 속에 살고 있는 죽어 버린 삶을 살고 있는지도 모르죠.

타린 아파…….

도어 우리는 누구일까요? 내가 과연 나일까요?

타린 힘들어…….

도어 내가 바라보는 화면과 당신들이 바라보는 화면은 왜 다르죠. 나는 혹시 너는 아닐까요? 그럼 우리 모두는 사실 나는 아닐까요?

동키, 갑자기 알 수 없는 방언을 쏟아 낸다.

타린 아파…… (쓰러진다).

도어 나는 왜 지금 이 순간 이곳에 있을까요. 우리는 무언가에 귀속되어 있는 어쩌면 세상은 나에게 귀속되어 있는지도 모르죠. 모순된 세상에 살고 있는 우리는 어쩌면 이미 죽어 있는지도 모르죠.

동키의 목소리가 점점 커진다.

도어 공간과 공간을 시간과 시간을 이어 주는 문은 우리가 찾고 있는 문인 걸까요? 문이라는 것이 정말 존재하기는 하는 걸까요? 우리는 문을 통해서만 이동하는 걸까요? 당신들은 왜 문을 찾고 있는 걸까요? 혹시 당신들이 찾고 있는 문은 그대로 그곳에 있지만 보기 싫어 일부러 피하는 것은 아닐까요? 우리가 보고 있는 모든 것은 정말 존재하고 있는 걸까요? 우리가 알고 있는 이 세상 모든 것들은 정말 존재하고 있는 것일까요? 문은 누가 만든 걸까요? 처음부터 문이 없었다면 우리는 문의 필요성을 느꼈을까요? 피상적인 것에 사로잡혀 본질을 잃어버린 건 아닐까요? 당신들은 누구죠? 당신들은 언제, 어디서 무엇을, 어떻게 왜!!! 하려는 거죠? 당신들은…… 정말 존재하는 겁니까?

타린, 갑자기 일어나 소리를 지른다.
모두 정지되며 조명이 타린에게 비춰지다가 서서히 어두워진다.

6.

몽환적인 음악이 흐르고, 타린, 몸부림치며 괴로워한다.
동키, 그 옆에서 춤을 추듯 괴로워하며 알 수 없는 퍼포먼스를 한다. 나타났다 사라졌다 하는 문을 향해 달려가기도 피하기도 한다.

7.

타린 동키.

동키, 웅크리고 있다.

타린 동키? 괜찮아?

동키, 말없이 누워 있다.

타린 그 사람은 갔어?

동키 그런 말 하지 마…….

타린 그 사람. 아까 우리와 함께 있던 사람.

동키 함께? (사이) 너랑 나는 함께 있는 게 아니야.

타린 그게 무슨 말이야.

동키 몰라도 돼, 넌.

타린 무슨 말이냐고?

동키 몰라도 된다고 넌.

타린 뭘 몰라도 된다는 거지?

동키 아무것도.

타린 아무것도?

동키 그래.

타린 왜지?

동키 그건…….

타린 그건?

동키 (사이) 그건 너랑 내가 함께 있지 않기 때문이야.

타린 무슨 말이야?

동키 내가 말한 그대로야.

타린 (웃음) 동키. 너답지 않아.

동키 그러는 넌. 넌 너다운 줄 알아?

타린 그런 게 아니라…….

동키 그런 게 아니면 됐어.

타린 네 맘 이해해.

동키 뭘? 뭘 이해한다는 거야.

타린 나도 너다울 때가 있었으니까?

동키 네가 어떻게 나다울 때가 있을 수 있지? 나는 언제나 나였었는데.

타린 아니 그렇지 않아. 너는 언제나 너일 순 없어. 언젠가 네가 내가 될 때 넌 분명 알 수 있을 거야. 난 얼마 전까지 생각했었어. 동키 넌 왜 이렇게 이곳을 나가고 싶어 할까? 난 분명한 이유가 있었어. 그건 내가 땅콩 잼이 먹고 싶어서였어. 그리고 우릴 가둔 놈들이 꼴 보기 싫었고. 그 이유가 아니면 나갈 이유가 없었지. 하지만 동키 넌 무언가 신 나 있었어. 난 그것도 꼴 보기 싫어했었지. 왜 그랬는지 몰라. 하지만 이제는 난 그런 널 이해할 수 있게 되었어. 이제 난 동키가 됐으니까.

동키 네가…… 내가 되었다고?

타린 응.

동키 내 허락도 없이?

타린 응.

동키 어떻게 그럴 수 있지?

타린 그건 필요치 않아.

동키 왜지? 왜 내 허락이 필요치 않지?

타린 그건, 나에게 자유 접근권이 있기 때문이야.

동키 (사이) 그렇군.

타린 하지만 너무 상심 마.

동키 난 너무 상심이 커.

타린 동키 너에게도 자유 접근권이 있잖아.

동키 그렇군.

타린 동키, 이제부터 넌 타린이야.

동키 이제부터 난 타린이군.

타린 기쁘지 않아?

동키 기뻐…….

타린 기쁘지 않은 것 같은데.

동키 아니 기뻐.

타린 그런데 왜 그러고 있어?

동키 내가 너라는 게 믿기지 않는군.

타린 그건 나도 마찬가지야. 내가 너라니…… 하지만 믿을 수 없는 게 현실이야. 우린 우리가 처한 현실을 직시하고 받아들여야 해.

동키 갑자기 오한이 느껴지는군.

타린 그것 봐. 넌 이미 나였는지도 몰라.

동키 하지만 난 땅콩 잼 따윈 먹고 싶지도 않아.

타린 하지만 넌 먹을 수밖에 없을 거야.

동키 아니 절대…….

타린 아니 절대!

동키 시끄러!

타린 시끄러! 시끄러! 시끄러! 난 이미 널 받아들였는데 넌 어째서 그 모양이니?

동키 난 동키였어. 그런데 이제 타린이 됐다고. 난 네가 되고…… 넌 내가 되고…….

동키, 갑자기 눈물을 흘린다.

타린 울지 마! 왜 우는 거야?

동키 갑자기 모든 게 혼란스러워…….

타린 사실 나도 그래. 그렇지만 난 널 좋아해.

동키 그건 나도 마찬가지야.

타린 놀라운 사실을 발견했어.

동키 놀라운 사실이 뭔데?

타린 그건 너와 내가 바뀌어도 서로 좋아하는 건 변하지 않는다는 거야.

동키 아! 아! 아!

타린 (으쓱해하며) 어때?

동키 너무 기쁘다.

타린 내가 동키가 되고,

동키 내가 타린이 되도,

타린 변함이 없는 건,

동키, 타린 서로 좋아한다는 것!

배를 잡고 자지러지게 웃는 동키와 타린.

동키 이봐 동키!

둘, 배를 잡고 웃는다.

타린 왜 타린.

둘, 다시 웃는다.

동키 우리 이제 나갈까?

둘, 또 웃는다.

타린 문이 없는 걸?

둘, 또다시 웃는다.

한참을 그렇게 웃던 둘, 숨을 고르더니,

타린 내 꿈이 뭔지 알아?

동키 알아.

타린 어떻게?

동키 넌 나였었잖아.

타린 아니지 내가 너였었지.

또다시 웃는 그들.

동키 이제 더 이상 침대 밑에 숨지 않을 거야.

타린 그래. 이제 더 이상 침대 밑에 들어가지 말자.

동키 좋아. 그런 의미에서 우리 침대 밑을 없애자.

타린 좋아.

동키 좋아.

타린 좋아.

동키 좋지.

타린 좋지.

동키 좋지.

타린 좋지이이이이.

동키, 벌떡 일어나 침대를 든다.

동키 으아아아!

타린도 일어나 침대를 같이 들어 돌려 버린다.
침대가 수직으로 선다.
동키와 타린 환호성을 지른다.
침대와 매트리스가 마치 문이 열린 모양처럼 보인다.

타린 어?

동키 어?

타린 문이다.

동키 문이 열렸어.

타린 그것 봐. 문은 있었어.

동키 그래. 내가 보증했다니까.

타린 보증은 함부로 서지 말라고 했던 그 자식에게 한방 먹여 주고 싶군.

동키 그래. 그 자식 내가 찐빵을 싫어하는 걸 알면서 계속 찐빵 얘기를 해서 사람 헷갈리게 만든 고약한 놈. 에라 끼끼까까다!

타린 그래 끼끼까까다! 근데 끼끼까까가 뭐야?

동키 그건 나도 모르지.

타린 역시 넌 천재야.

동키 정말?

타린 응.

동키 좋아서 막 웃는다.

동키 끼끼까까다!

타린 맞다!

동키 꾸까까다!

타린 꾸까까다!

둘, 좋아서 껴안고 웃다가 멈춘다.
타린, 침대를 살핀다.

타린 나가자.

동키 응.

침대 사이로 들어가는 타린과 동키.
동키, 매트리스 문을 닫는다.
음악이 나오고 조명 서서히 어두워진다.

막.

역지사지

易地思之

자살 그것은 신이 인생의 온갖 형벌 중에서 인간에게 부여한 으뜸가는 은혜다.

– 리비우스

등장인물

유기한, 박판수, 자영, 숙경

그 외

진행자, 여 진행자, 조폭

역지사지易地思之

조명 들어오면 노인이 쓰러져 있고 그 위에 올라 앉아 있는 기한의 모습이 보인다.
유기한과 박판수가 서로 붙잡고 있는 손에 칼이 쥐어져 있으며 칼끝은 판수에게 향해 있다. 소리를 지르는 판수와 기한. 암전.

하루 전.
라디오 소리 들리고 기한, 라디오 채널을 돌린다.
초조한 듯 보이는 유기한의 손. 떨고 있는 다리. 시계 바늘이 두 시를 가리키자 라디오 방송이 시작된다.

진행자 안녕하세요. '두시에 기적'의 진행자 OOO입니다. 오늘 가을 날씨 참 좋죠.

여 진행자 네. 근데 저는 가을보다 겨울이 좋아요.

진행자 왜죠?

여 진행자 겨울엔 예쁜 옷을 많이 입을 수 있으니까요.

진행자 네. 예쁜 옷 많이 입으려면 돈도 많아야겠죠.

여 진행자 그러게요. 아쉬워요.

유기한, 초조한 듯 손톱을 깨물고 있다.

유기한 빨리 해라…… 좀…….

진행자 이번에 복권 사셨어요?

여 진행자 사긴 했는데 당첨될진 모르겠어요.

진행자 저도 한 장 샀는데 당첨되면 서로 반씩 나눌까요? (웃음)

유기한 좀 해라 좀!!!

여 진행자 쓸데없는 소리 하지 말고 얼른 진행이나 하시죠.

진행자 그럼 지금부터 당첨 번호를 알려 드리겠습니다. 3, 6, 9, 14, 45, 27입니다. 그리고 보너스 번호는 7입니다, 행운의 번호네요. 축하드립니다.

라디오를 꺼 버리는 유기한의 손.
번호가 하나도 맞지 않았다. 로또 종이를 모두 구겨 버리고 휴지통에 넣으려는데 그 안에는 이미 복권 종이로 수북하다.
쓰레기통 속에 있는 복권을 책상 위에 쏟아 내고 비닐봉지를 꺼내 뒤집어쓴다. 테이프로 공기를 차단하는 기한.
괴로워하는 기한의 모습.
이때 판수가 들어오다 기한을 바라보고 있다.
기한 판수를 바라보자 잠시 정적이 흐르더니 비닐봉지를 찢는다.
머쓱한 기한과 판수.

유기한 누구세요……?

박판수 손님인데요.

유기한 아…… 네. 손님…… 무슨 일로?

박판수 열쇠 좀 맡기려고…….

유기한 네…… 그럼 열쇠는?

박판수 아…… 여기.

박판수, 주소가 적힌 종이와 열쇠를 유기한에게 건넨다.

유기한 잠시만 기다리세요.

박판수 아니요. 천천히 작업하세요.

유기한 이거 복사 금방 떠요.

박판수 천천히 하세요. 급한 거 아니니까…….

유기한 손님…… 중요한 열쇤가 봐요.

박판수 안방 열쇤데 자꾸 잃어버려서…….

유기한 사모님한테 많이 혼나시겠어요.

박판수 혼자 사는데 사모님은 무슨…….

유기한 아, 혼자 사세요……? 혼자 사시는데 무슨 안방 문 열쇠를…….

유기한의 말에 당황하여 얼버무리는데…….

박판수 아…… 그게…… 그니까…… 그 뭐시냐…….

유기한 방에 금고라도 숨겨 놨나 봐요.

박판수 예. 금고요? 아…… 하하…… 금고…… 하하하…… 재밌다.

어색한 분위기가 흐르고 판수, 기한에게 10만 원권 수표 3장과 집 주소와 함께 건넨다.

유기한 아니 무슨 돈을 이렇게나 많이…….

박판수 시간 괜찮으시면 2, 3일 후에나 집에 가져다주세요. 출장빕니다…….

유기한 너무 많은데요…….

모자를 벗고 정중히 인사를 한다.

박판수 잘 부탁드리겠습니다. 감사하고 죄송합니다.

유기한 아뇨. 감사는 제가 감사하고 죄송하지는 않아도 되는데요? 열쇠 금방 돼요.

박판수 제가 제주도를 가야 해서 비행기 시간 늦겠네요.

유기한 이거 금방 되는데…….

문을 열고 나가는 박판수.

유기한 저기…… 손님!!! 손님!!

박판수, 빠른 걸음으로 사라진다.

유기한 참나…… 뭐야. 진짜 금고라도 있는 거 아냐?

열쇠는 1004호라 적혀 있다. 심각한 얼굴로 열쇠를 바라보는 유기한.

아파트, 밤.
새벽 2:00 아파트 앞에 서 있는 유기한. 입구에 경비가 왔다 갔다 한다.
경비의 눈을 피해 조심스레 아파트 1층 복도로 진입하는 유기한.
계단을 통해 걸어 올라간다. 10층 표지판을 바라보고 복도로 진입한다, 1004호 앞에 선 유기한. 잠시 머뭇거리더니 공구 벨트에서 장비 몇 개를 꺼내 현관문을 열려 한다. 열려 있는 현관문.
인기척이 들리자 '후다닥' 안으로 들어가는 유기한. 손전등을 켜고 주위를 살핀다.

아파트 내부, 밤.

유기한 뭐가 이렇게 없어…….

주위를 살피다 방문 틈 사이로 빛이 새어 나오는 걸 발견한다. 조심스레 문틈 사이로 안을 바라보는데 상 위에 촛불과 몇 병의 소주병들, 그리고 창틀에 묶인 동아줄에 목이 감겨 있는 판수의 모습이 보인다.
놀라는 유기한, 문을 닫고 밖으로 나가려다 다시 문을 열고 들어가 자신이 가지고 있던 공구 벨트에서 작업용 칼을 꺼내 박판수의 동아줄을 잘라 낸다.
숨을 헐떡이며 심하게 기침을 하는 박판수.

박판수 누구세요……?!!

유기한 예?

박판수 너 뭐냐고 이 새끼야?!!!

유기한 그건 지금 말씀드릴 순 없습니다…… 손님.

박판수 손님? 가만 있어 봐.

판수, 기한의 얼굴을 확인하더니.

박판수 너…… 열쇠 집 사장님 아니세요?

유기한 (기어 들어가는 소리로) 아, 예…….

박판수 아, 진짜. 오늘 작업하지 말랬잖아요.

유기한 예…… 죄송합니다.

박판수 아 정말…… 3일 후에나 오라니까…… 됐으니까 가세요.

유기한 저…… 그럴 순 없습니다.

박판수 아니, 뭐가 그럴 순 없어요.

유기한 제가 가면 또 죽으려 하실 거잖아요?

박판수 내가 죽든 말든 사장님이 무슨 상관이에요.

유기한 손님께서 죽으면 제가 살인범으로 몰릴 수도 있잖아요.

박판수 (상 위에 유서를 신경질 적으로 탁 탁 치며) 여기 유서 있잖아요. 내가 쓴 거라고요!! 그러니까 상관 말고 가세요.

유기한 그럴 순 없어요…….

박판수 아 진짜…….

유기한 경찰들이 유서를 믿겠어요. 어쨌든 손님께서 죽으면 전…… 아무튼 못 갑니다.

박판수 야! 너 신고한다. 어? 너 이거 무단 가택…… 뭐지?

유기한 침입죄.

박판수 그래 인마.

유기한 갑자기 왜 반말이세요.

박판수 기분 나빴다면 미안해요.

유기한 저는 어차피 뭐 상관없습니다. 저는 작업하러 왔고…….

박판수 작업? 열쇠 하나 복사하는데, 집에까지 들어와서 작업을 해요?

유기한 맞는지 확인은 해 봐야죠.

박판수 가만 보니…… 와. 이 새끼 열쇠 복사 맡겼더니 도둑질을 하러 와? 도둑 노무 새끼

유기한 말씀 좀 삼가시죠. 새끼가 뭡니까. 나도 좀 있으면 50인데…….

박판수 아이구! 생각보다 동안이라 좋겠군요! 라고 말할 줄 알았냐!? 도둑놈한테 반말할 수도 있지.

유기한 그럼 손님도 치사하게 이렇게 갑자기 자살하면 제가 나중에 열쇠 드리러 왔다가 손님 시체 보고 평생 트라우마에 살인자까지 돼서 감옥에서 인생을 쫑 치라는 거예요? 이 손님이 정말…….

박판수 (한숨을 내쉬며) 알았다. 나와 봐…… 안 죽을게 가 봐.

유기한 제가 그 말을 어떻게 믿어요.

박판수 속고만 살았냐?

유기한 네.

박판수 뭐야?

유기한 군대 고참 하고 동업했는데 사기 치고 날라 버리고 중국에서 사업하러 갔다가 다 뺐기고 겨우 목숨만 부지하고 제일 친한 친구 보증 섰다가 속아서 독박 써서 장기 떼이게 생겼어요!

박판수 어쩌라고. 내가 당신 인생 스토리를 왜 들어야 돼. 나가!

유기한 그럴 순 없습니다.

박판수 이런…… 미친놈이…… 비켜!!

유기한 어디 가세요?

박판수 똥 싸러 가. 당신 때문에 신경 썼더니 배 아프잖아! 얼른 비켜 이 시발 놈아.

유기한 네…… 반말에 욕할 건 다 하면서 당신은 또 뭐야…….

박판수 뭐래. 이 미친놈이…….

박판수, 화장실에 들어간다.

유기한 소시오패슨가…….

문 앞에서 초조하게 기다리는 유기한. 갑자기 불안한 기분이 들어 조용히 화장실 문에 귀를 갖다 댄다.

유기한 손님…… 손님……?

장비를 꺼내 화장실 문을 열어 보니 자신이 메고 있던 넥타이를 풀어 화장실 창틀에 묶어 목을 매 죽으려 한다. 안간힘을 쓰며 죽으려는 박판수의 모습이 코믹하기까지 하다. 유기한 달려가 또다시 넥타이를 자른다.
박판수, 심하게 기침을 해 대더니.

박판수 아!! 이 시발 놈아

박판수, 유기한을 밀치더니 상 위에 올려놓은 과도를 들어 자살하려는데 유기한이 박판수를 저지하다가 박판수가 아래 누워 있고 유기한이 위에서 말리려는데 마치 그 모습이 유기한이 공격하는 것처럼 보인다.

공사장, 낮.

자영 유기한 씨. 오늘까지 갚아야 되는데, 맨날 돈 없다 그러고 봐 달라고 한 게 벌써 몇 번째죠?

유기한 (고개를 연신 숙이며) 죄송합니다. 정말 죄송합니다.

자영 계속 약속을 어기는 건 인성이 부족한 겁니다. (조폭에게) 째.

조폭 유기한을 붙잡고 옷을 찢어서 배에 칼을 댄다.

유기한 살려 주세요!!! 사장님 한 번만 제발…… 일주일만…….

자영 일주일? 일주일이면 당신 콩팥이 벌써 중국에 가 있을 시간이군요.

유기한 아닙니다. 삼 일만…… 아니 하루만 시간을 주세요.

자영 하루 만에 돈을 어디서 구할 거죠?

유기한 어떡해서든 구할게요.

자영 (조폭들에게) 째요.

유기한 도둑질이든 강도질이든 뭐든 다 해서 갚겠습니다.

자영 기한 씨.

유기한 (기어가는 소리로) 네…….

자영 유기한 씨!

유기한 네 사장님.

자영 (종이를 꺼내 들며) 여기 보이시죠. 오늘까지 돈 못 갚으면 콩팥하고 각막 떼 가기로 계약했죠? 기한 씨. 기한 씨가 기한을 안 지키면 어떡해요?

조폭, 웃는다.

자영 재밌어?

웃음을 멈추는 조폭.

자영 하루 줄게요. 하루 이자가 간입니다.

유기한 아…… 그건?

자영 싫어요? 됐어요. 그러면.

유기한 아닙니다. 맞습니다.

자영 가자. 내일 두 십니다. 두 시엔 기적이 일어나겠죠?

사라지는 자영과 조폭. 자리에 드러눕는 유기한.

판수집, 밤.
박판수와 유기한 술을 마시고 있다.

박판수 그래서? 그 새끼들이 장기를 빼 간다고? 에라이 좆같은 놈들. 그러게 보증을 왜 서?

유기한 그러게요. 그 개새끼를 믿은 제가 병신이죠.

박판수 알면 됐어.

유기한 예?

박판수 그래서 비닐봉다리 쓰고 뒈지려 했어?. 에이그 못난 놈.

판수, 술잔을 들이킨다.

유기한 (빈정 상한 듯) 그럼 손님은 왜 자살하시려는 거예요?

박판수 나? (소주 한 잔 들이키고) 난 폐암 말기야. 마누라는 일찍 죽고 혼자 남은 나는 죽지 못해 꾸역꾸역 살고 있었는데…….

아들 집, 낮.
아들 방으로 조명이 들어온다.

1개월 전.

숙경, 집안일을 하고 있다. 판수, 콜록 콜록 기침을 한다.
숙경, 바닥에 걸레질을 하고 있는데 판수, 숙경을 힐끔힐끔 쳐다본다.
판수, 숙경의 다리를 노골적으로 바라본다.
숙경, 판수의 시선을 느꼈는지 옷매무새를 정리하고 신경질적으로 방으로 들어간다.
다시 기침을 하는 판수.

아들 집 밤.
기침을 하던 박판수, 무릎 패드를 손에 쥐고 있다.
판수, 무릎 패드를 들고 거실로 나오는데 며느리와 아들이 대화하는 소리를 엿듣는다.

숙경 아버님께서도 너무 하시지 잠깐 있다 가신다고 해 놓고 벌써 몇 달째야. 기침 소리 때문에 정신병 걸리겠어.

아들 그럼 어떻게 해 그래도 아버진데…… 나도 짜증나. 너만 힘든 줄 알아?

숙경 이러다 집에서 초상 치르는 거 아닌지 모르겠네.

아들 에헤이 정말…….

숙경 보험이라도 들어 놨으면 좀 좋아. 가실 때 자식들 보탬이라도 돼야 할 거 아냐.

아들 알았어. 자자.

숙경 아니 아까도 계속 노골적으로 내 다리만 훑어봤단 말이야.

아들 설마 아버지가 그랬겠어?

숙경 뭐야? 그럼 내가 없는 얘기를 지어냈단 말이야?

아들 아냐. 아냐. 당신이 섹시하니까 그런 거지. 일루 와 봐.

숙경 왜 이래?

아들 일루 와 봐. 섹시하면 다야?

숙경 아이 뭐 하는 거야.

숙경, 싫지 않은 내색이다. 아들, 숙경과 섹스를 하려 눕는다. 박판수, 놀라서 기침이 나오려는 걸 참으려 했지만 결국 새어 나온다.

박판수 목이 말라서…… 잠자리가 영 나랑 안 맞네. 난 내일 갈 테니까…… 그리 알아라. 어여 쉬어.

박판수, 방으로 들어간다. 남아 있는 숙경과 아들의 모습.

아파트, 밤.
현재.

유기한 아…… 한잔하시죠. 자식을 일찍 낳았나 봐요.

박판수 (술잔을 받으며) 스무 살 때 낳아서 개 벌써 서른둘이야.

유기한 오호~ 보기보다 능력 좋으시네요. 손님~.

박판수 그놈에 손님은 무슨…… 손님이라고 좀 하지 마. 여기 우리 집이야.

유기한 그럼 뭐라 해요?

박판수 그냥 형이라고 해.

유기한 형?…… 예. 그래요. 형님. 그래서요?

박판수 음…… 담배를 살까 말까 구멍가게 앞에서 망설이다가 로또 문구가 눈에 들어와서 그냥 로또 하나 샀지.

유기한 로또는 왜 샀어요.

박판수 왜 사긴 부자 되려고 샀지.

유기한 어차피 곧 죽으실 양반이 로또는 뭐 하러 사요.

박판수 자식 놈 주려 그랬다. 왜?

유기한 그딴 놈이 뭔 자식이라고…….

박판수 가족은 건들지 말자.

유기한 저도 그거 많이 샀는데 안 돼요.

박판수 안 되긴 뭐가 안 돼?

조명, 판수에게만 비춘다.

아파트, 밤.
자신의 아파트에서 술을 마시던 박판수 TV 로또 방송을 보고 있다. 당첨 번호가 나오자 로또 번호를 확인하더니 박판수, 쓰러진다.
판수에게 비추던 조명이 꺼지고.

유기한 말도 안 돼.

박판수 뭐가 말이 안 돼?

유기한 그럼 복권은 어딨는데요……?

박판수 (사이) 잃어버렸어…….

유기한 예???

박판수 그게 너무 심장이 떨려서 술을 더 마셔야겠더라고…… 술을 사러 마트에 갔는데 지갑을 잃어버렸어.

유기한 아…… 내가 주웠어야 됐는데…….

박판수 그러게 자네라도 주웠으면…….

유기한 한잔하시죠.

박판수 그래.

둘이 소주를 마신다. 서로 바라보더니 갑자기 웃음을 터트린다.

박판수 참 묘한 인연이다.

유기한 (함께 웃으며) 그러게요.

둘이 다시 좋다고 웃어 댄다. 웃음을 멈추고.

유기한 그래도 어떻게든 살려고 해야지 죽으면 어떡해요.

박판수 하, 이 새끼 꼰대 같은 소리 하고 있네. 너 이 말 들어 봤어? 자살…… 그것은 신이 인생의 온갖 형벌 중에서 인간에게 부여한 가장 으뜸가는 은혜다. 뫼비우스.

판수, 술을 한 잔 마신다.

유기한 리비우스겠죠.

박판수 뭐?

유기한 리비우스라고요. 그 말 한 사람이.

박판수 리비? 니미…… 니 공부 좀 했나 보다.

유기한 철학과 나왔어요.

박판수 오~ 그래?

유기한 우리 형이요.

박판수 하! 미친놈. 자랑이다.

유기한 감사합니다.

박판수 어이구?

유기한 아니 뭐 어릴 적에 형 방에 있는 책들 좀 읽고 그랬었죠.

박판수 그래. 사람은 책을 읽어야 돼.

유기한 형님은요?

박판수 나는 예전에 서점을 했었어. 웬만한 책들은 다 섭렵했지. 지금은 요 모양 요 꼴로 더 살면 뭐 하나 싶어 그냥 자살하려던 거지.

유기한 인간은 자기 감옥의 문을 두드릴 수 없는 수인이다.

인간은 신이 소환할 때까지 기다려야 하며, 스스로 생명을 빼앗아서는 안 된다. 소크라테스.

박판수 영, 바보는 아니구나. 흐흐흐. 하지만 그런 소크라테스도 자살을 했지.

유기한 에?…… 소크라테스의 죽음은 자살이라고 보기 힘들죠.

박판수 일부에서는 자살이 아니라고 주장하는 사람들이 있지만 자살이라는 확실한 근거가 있지.

유기한 그게 뭔데요?

박판수 바로 플라톤의 『소크라테스의 변명』이라는 책에서 '올바르지 못하게 살 바에는 차라리 올바를지도 모르는 죽음을 택하겠다.' 소크라테스의 마지막 유언이 담겨져 있지. 또한 16세기 프랑스의 대표적인 철학자이자 문학자인 몽테뉴는 "소크라테스의 죽음은 위대하다. 죽음을 인지하고서 목숨을 끊는 일이야말로 참으로 훌륭한 죽음이다." 라는 명언을 남겼어.

유기한 오~ 책을 정말 많이 읽으셨나 봐요.

박판수 기본 상식이지.

유기한 기본 상식으로 뫼비우스는 좀…… 흐흐흐.

박판수 니미…… 너도 나이 먹어 봐. 자꾸 헷갈리고 그래.

술잔을 들이키더니.

유기한 형님. 혹시 담배 한 대 펴도 될까요?

박판수 아주 잘 한다. 폐암 말기 환자 앞에서…… 펴 이 새끼야.

유기한 없어서 그러는데 한 대만 빌려 줘요?

박판수 가지가지 한다. (담배를 건네며) 가져라. 담배 많이 피우면 나중에 후회해. 나처럼…….

유기한 예. 명심하겠습니다~ 뭐야……? 돗대데요?

박판수 차마 그것까진 못 태우겠더라구…… 그것마저 피우면 바로 죽을 것 같아서…… 마지막 잎새 같은 거지…….

유기한 자살하려던 양반이…….

박판수 그러니까 자살하려는 거 아냐? 어차피 곧 죽는데 담배로 죽고 싶지 않아서 그랬다.

유기한 아…… 예~ 예. 돗대 피우면 재수 없다던데…….

박판수 그럼 피우지를 말던가…….

유기한 담배를 입에 문다.

박판수 (마른침을 꿀꺽 삼키더니) 고거 맛나겠다…….

한숨을 깊게 내쉬는 박판수.

박판수 이게 뭐라고…….

담뱃갑을 구기더니 홱 내팽개친다.
유기한, 담뱃불에 불을 붙이고 깊게 들이마신다.
담뱃불을 바라보는 기한.

박판수 담뱃불도 촛불처럼 타오를 때가 있다…….

판수를 바라보는 기한.
깊게 담배 연기를 내뿜는 기한.

박판수 나가서 펴! 환자 앞에서 뭐 하는 거야. 이 자식이……. 저 쓰레기도 버려.

유기한 (담뱃갑을 주우며 작은 소리로) 이 형 성격 하고는…… 진짜 소시오패슨가?

박판수 뭐야?

유기한, 구겨진 담뱃갑을 유심히 바라보더니 담뱃갑 사이로 비집고 나온 복권 종이를 발견한다.

박판수 뭐라고 했냐고 이 자식아!! 이 새끼 형 동생 하니까 맞먹으려 들어. 에이 싸가지 없는 새끼야. 한판 붙자! 내가 왕년에 권투 선수였어!!

유기한 (복권 종이를 펴 보이며) 형!!!!!!

박판수, 얼어붙은 듯 바라보더니 이내 소리를 지르며 유기한과 기뻐 날뛴다. 한동안 부둥켜안고 춤을 추는데 춤을 추다 말고 잠시 멍하니 서 있는 판수. 웃음이 서서히 잦아들고 복권을 바라보며 서로 눈치를 보고 있는 기한과 판수.

박판수 고맙다. 내 이 은혜 잊지 않을게.

유기한 고맙긴요. 제가 고맙죠. 형님. 진심으로 감사합니다.

박판수 뭐라고? 하하하. 짜식, 재밌다. 재밌어. 이제 장난 그만하고 얼른 줘.

유기한 하하하. 장난이라뇨. 형님이야 말로 장난 그만하세요.

박판수 야, 나 이제 슬슬 화나려고 한다. 그만하고 얼른 내 놔.

유기한 형님. 이런 말 해서 안타깝지만 이 복권은 형이 나한테 준 거니까 이제 내 껍니다. 이제 저 가 봐야 할 것 같아요.

박판수 너 그렇게 나가면 나한테 죽어.

유기한 무슨 말이에요?

박판수 이리 줘.

방 안 구석으로 걸어가더니 떨어져 있던 과도를 집어 드는 박판수.

유기한 뭐하는 거예요...?

박판수 내 꺼 자나. 내 꺼! 얼른 내 놔.

유기한 진정하시고 제 말 좀 들어 보세요. 형님.

<u>유기한, 자신의 허리춤으로 재빨리 손이 가는데 공구 벨트가 불편해서 빼놓은 걸 알게 된다. '아차' 싶은 유기한.</u>

박판수 형님 같은 소리 하고 자빠졌네. 언제 봤다고 형이야! 헛소리 말고 빨리 내 놔! 이 도둑노무 새끼야!!!

유기한 못 줘!!

박판수 뭐?

유기한 이건 내 거야!

박판수 그게 어떻게 니 거냐? 내 거지.

유기한 형이…… 형은 무슨 좆 까고…… 니가 줬잖아!!

박판수 뭐 방금 니라고 했냐?

유기한 그래. 했다. 니. 시발 니가 형이라고 하지 말라며 이 새끼야!

박판수 와~ 이거 완전히 도라이 새끼네. 그리고 난 담배를 줬지. 복권을 주진 않았어.

유기한 분명 가지라고 했고 또 버리라고도 했잖아. 결국 내 담뱃갑에서 찾은 내 로또야!

박판수 그게 무슨 미친 개소리야!! 내가 집어 던졌으니까 찾은 거 아냐. 이 미친놈아. 내 놔 시발 놈아.

유기한 어차피 당신이 죽었으면 내가 로또 찾았을 거 아냐.

박판수 그건 또 무슨 개소리야.

유기한 왜? 궁금해? 듣고 싶어?

박판수 그래. 뭔 개소리지 한번 들어나 보자.

유기한의 말과 함께 기한의 행동하는 영상이 보인다.

유기한 잘 들어 봐. 내가 만약 당신 말대로 3일 후에 왔다 쳐. 그럼 당신 시신을 보고 놀라서 신고를 한 후 망연자실한 채로 밥상 위에 놓여 있는 하나 남은 담배를 피웠을 거야. 그러다가 구겨진 담뱃갑에서 로또를 발견하게 되는 거지.

박판수 시신? 하하하. 표면상으로는 내가 자살을 할 것처럼 보일 수 있겠지만 니가 간과한 게 하나 있어…….

유기한 그게 뭔데?

박판수 궁금하냐? 듣고 싶어?

유기한 그래. 뭔 개소리지 나도 한번 들어 보자.

박판수 잘 들어! 내가 목을 매었을 때 난 이미 죽으려는 생각이 바뀌었지.

판수의 희미해져 가는 시점.

박판수 의식이 희미해지는데 '이렇게 죽는구나.' 생각하니까 정말 무섭더라고. 이렇게 죽으면 안 되겠다는 생각을 하고 줄을 끊으려는데 갑자기 저승사자가 보이는 거야. 근데 그게 너였던 거야. 인마. 너 땜에 심장 떨어져 죽을 뻔했다고!

유기한 하이고 임금님 좆 짜는 소리를 하고 있네.

박판수 뭘 짜?

유기한 말 같지 않은 소리를 하고 있다고?

박판수 뭐가 말 같지 않아?

유기한 아까 화장실에서 죽으려던 거 기억 안 나?

박판수 액션이야. 인마. 쪽팔리니까 액션 한 거라고. 아 맞다. 그러고 보니 너 처음 만난 날 비닐봉지 쓰고 뒈지려 했던 거 내가 살려 줬잖아. 그건 부정할 수 없겠지?

유기한 살려 줬다고? 내가 찢었는데

박판수 나 땜에 찢은 거잖아.

유기한 야…… 그걸 거기다 갖다 붙이네. 아주 대단하시네.

박판수 그러니까 얼른 내 놔. 인마.

유기한 됐어. 억지 부리지 마. 나 가야 돼. 안 그럼 내일 그 새끼들한테 죽는다고!!!

박판수 그거 안 내놓으면 나한테 죽어!!

유기한 정말 이러기야? (울먹이며) 형님…… 아니 형…… 제발…… 나 좀 살려 줘요…… 부탁할게요…… 형님은 어차피 곧 죽잖아요. 이 돈 있다고 사는 게 아니잖아요. 하지만 저는 이 돈만 있으면 살 수 있어요. 제가 매년 형님 제사 지낼게요. 제발 살려 주세요…….

박판수 아, 진짜…… 마음 약해지게…… 내가 생각이 짧았다. 이리 와 봐. 한 번 안아 보자…….

박판수가 기한에게 다가가지만 기한은 판수에게 거리를 내주지 않는다.

박판수 에이 시발 놈아.

갑자기 박판수 과도를 휘두른다.

유기한 뭐야?!! 이 시발 좆같은 개 샹노무 새끼를 봤나. 너 지금 나 죽이려고 했어?!!! 이 개새끼가…… 진짜 살인자 되고 싶어?

박판수 어차피 난 오래 못 살아. 살인자가 되도 상관없다 이거야!

유기한 이 좆같은 시발 새끼야!! 너 오늘 뒤졌어!

박판수 뭐? 이 도둥놈에 새끼야!! 죽어!!

박판수, 유기한에게 찌르려고 덤비는데 기한이, 박판수의 팔을 붙잡고 제압하려는 과정에서 리모컨을 밟는다. 이때 리모콘이 켜지고 아이돌 댄스 가수 노래가 나온다. 박판수와 유기한의 격한 몸싸움이 음악과 함께 어우러져 마치 춤을 추는 듯하다.
음악이 꺼지고 둘이 뒤엉켜 개싸움이 된다.
결국 박판수는 유기한에게 제압당하게 되고 박판수의 몸 위로 또다시 올라가는데 이번에는 유기한이 박판수를 죽이려 안간힘을 쓴다.
상기된 얼굴이 되어 오만상을 쓰고 있는 가운데 또다시 리모컨이 눌려진다.
뉴스가 나오고 조직폭력배 일당이 붙잡혔다는 보도가 흘러나온다. 박판수를 죽이려던 기한 TV를 바라보고 있다.

암전.

막.

자살은 더할 나위 없는 겁쟁이의 결과다.

– 데포오

죽은 시인의 사회死會

자살 외에 고백의 피난처는 없다 그러므로 자살은 곧 고백이다.

– 웹스터

등장인물

유시한, 여인, 여자, 사내

죽은 시인의 사회死會

조명이 켜지면 유시한과 사내, 여자, 여인이 서 있다.
사내 가방을 내려놓고 밖으로 나간다.
차 떠나가는 소리 들린다.
암전.

다시 조명이 들어오면 목에 빨랫줄을 목에 걸고 있는 유시한.
갑자기 소리를 지른다.
조명 아웃.

폐건물, 밤.
조명이 들어오면 손에 들고 있는 종이를 보며 시를 읊는 시한.
다른 한 손에는 빨랫줄을 들고 있다.

유시한(NA)

제목 빨랫줄

나는 빨랫줄이고 싶었다.

나는 길게 늘어진 줄이고 싶었다.

나는 팽팽하게 선 줄이고 싶었다.

너희들은 이제 옷이라는 이름에서 온종일

많은 사연을 담고 빨래라는 이름으로 돌아와
진실의 방에서 한없이 웅앙거린다.

웅 앙 – 웅 앙 –

얼마나 울었는지
쏟아지는 눈물도 참 많구나.
이제 나에게 기대려무나.
나에게 의지하려무나.
너희들의 눈물을 위로할 그런 날을 꿈꿨다.
헌데 너희들은 오지를 않고
흠뻑 젖은 한 청년의 목이 나에게 걸린다.
자신의 목에 빨랫줄을 걸어 놓는다.
나는 빨랫줄이고 싶었다.

유시한 나는…… 다만 빨랫줄이고 싶었다.

조명이 들어오면 사내가 시한의 시를 듣고 박수를 친다.

유시한 네. 제가 쓴 자작시였습니다.
사내 시는 잘 모르지만 한 청년의 목이 나에게 걸린다.

그 부분은 마음에 와닿네요.

유시한 감사합니다.

여자 촌스러워…….

유시한, 여자의 말에 기분이 상한다.

유시한 촌스럽다고요?……

여자 지루한데 빨리빨리 진행하면 안 돼요?

유시한 (황당해하며) 아직 한 분이 안 오셔서…….

여자 (말을 끊으며) 알아요.

여자의 말에 빈정 상하는 시한.
이때 여인이 들어온다.
여인의 미모에 넋이 나가는 유시한.

유시한 자살 천사 님?……

고개를 끄덕이는 여인.
유시한, 여인이 마음에 들었는지 입가에 미소를 짓는다.

유시한 아쉽네요. 조금만 일찍 오셨으면 제 시를 들려줄 수 있었을 텐데…….

여자, 시한을 보고 '풉' 하고 웃자 신경이 거슬리는 유시한.

유시한 (종이를 보더니 여인에게 건네며) 아, 제 십니다. 한번 읽어 보세요.

유시한, 여인에게 다가가 자리를 안내한다.

유시한 일단 자기소개부터 하도록 하겠습니다. 우선 사망 보험금 님. 아이디에서 사연이 느껴지는데요. 죽으시려는 이유는 무엇인가요?

사내 사업도 하고 장사도 하고 이것저것 했는데 다 망하고 결국 이혼까지 했습니다. 그래도 열심히 한다고 했는데 빚은 점점 더 불어나더라구요. 그래서 로또를 시작했습니다. 그런데 십 년 동안 제일 크게 맞은 게 달랑 오만 원짜리였어요. 아, 시발. 인생, 안돼도 졸라게 안되는구나. 그냥 죽자. 했는데 또 그냥 죽으려니까 너무 억울한 거야. 그래, 이혼한 마누라 앞으로 보험 하나 들었어요. 내가 그 사람한테 해 준 게 아무것도 없는데 마지막으로 보험금이라도 받게 해 주려고요.

유시한 자살은 보험금을 못 받을 텐데요.

사내 (사이) 알고 있습니다. 그래서 여기 이렇게 찾아온 겁니다.

저는 자살로 보이지 않게 죽어야 돼요.

유시한 음…… 일단 알겠습니다. 그럼 다음은…… 아이디가 뭐라고 하셨죠?

여자 킬 미 업이요.

유시한 킬 미 업 님께서 말씀하시죠.

여자 잠시만요.

여자, 음악을 튼다.

여자 안녕하세요. 제 아이디는 킬 미 업입니다. 제 아이디를 이렇게 지은 이유는 사실 저는 연예인이 되는 게 꿈이었어요. 그래서 여러 오디션 프로그램에 도전도 해 왔는데 계속 떨어지더라구요. 그러다 보니…… 나이도 먹고…… 나보다 못하는 애들은 다들 잘되는데…….

감정이 복받치는지 울먹이는 여자.

여자 아이돌 가수가 되는 게 꿈이었는데…… 나는 나이 많다고 안 뽑아 주고…… 아무도 봐 주질 않아요……. 너무 불안하고 무서워요. 꿈을 이루지 못한다고 생각하니까 살고 싶지 않아요.

음악을 끄는 유시한.

여자 뭐 하세요.

시한 껐어요.

여자 네?

유시한 자, 그럼 이제 자살 천사 님 자기소개 하시죠.

여자, 황당한 표정이다.

여자 뭐예요?

유시한 뭐가요?

여자 저한테는 질문 더 안 하나요?

유시한 뭐 딱히? 더 하고 싶은 얘기 있으세요?

유시한의 말에 자존심 상한 여자.

여자 …… 아뇨.

유시한 네. 그럼 자살 천사 님 자기소개 부탁합니다.

아무 말도 없는 여인.

유시한 저…… 자살 천사 님……?

여인 할 말 없는데.

유시한 네?

<u>황당한 표정의 사람들.</u>

유시한 뭐…… 그래도 함께 모였으니까…….

여인 뭐 곧 죽을 텐데 굳이 소개까지…….

유시한 뭐 그렇긴 한데…….

<u>유시한의 말에 인상이 구겨지는 사내와 여자.</u>

유시한 다들 소개했으니까요…… 부탁 좀 드리겠습니다.

여인 그래요 그럼.

<u>안도하는 유시한.</u>

유시한 죽으시려는 이유가……?

여인 그냥.

유시한 네?

여인 뭐 딱히 없어요. 그냥 죽으면 어떨까……? 뭐 그 정도?

<u>사람들의 표정 더 황당해한다.</u>

유시한 그렇군요…… 하핫! 훌륭하시네요. 역시 다른 분들과 달리 개성이 넘치시는군요.

유시한의 발언에 못마땅해하는 사내와 여자.

유시한 그러면 뭐 하시는 분인지만 간단하게 얘기해 주세요.

여인 미술해요.

유시한 아, 미술 하시는구나. 어쩐지 예술 하시는 분이라 뭔가 저랑 통하는 면이 있다고 생각했어요. (웃음) 뭐랄까……? 삶에 대해 달관한 듯한 느낌이 저랑 비슷하다고 할까……?

여자 그럼 이제 아저씨 소개 좀 해요.

유시한 저는 아저씨는 아닙니다. 저는 원래 시인입니다. 음…… 시란 세상을 바라볼 때 마치 노래하듯 혹은 그림을 그리듯 음…… 그런…… 뭐랄까? 음…… 사랑을 담아내는 그런…… 사람입니다.

여자 아~ 그럼 아저씨 아이디가 죽은 시인이니까 그럼 그걸 시에 못 담아내서 죽는 거구나?

유시한 (여인을 의식하며) 아뇨…… 그게 아니라…… 오히려 다 해 보니까…… 더 큰 무엇을 추구하게 되더라고요.

사내 그게 뭔데요?

유시한 바로 자살이죠.

사내 (혼잣말로) 뭔 말이야……?

사내의 말에 당황해하는 유시한.

여자 그럼 자살로 이행시 해 봐요.

유시한 네?

여자 이행시요. 이행시. 제가 운 띄워 줄게요. 자!

유시한 시는 그런 게 아니라.

여자 5초 시간 줄게요. 5, 4, 3, 2, 1…….

유시한 자정에 떠오르는 달은

여자 살

유시한 살신하며 밤을 비추네.

분위기가 썰렁하다. 사내 황당한 듯.

사내 이상한데?

유시한 아니 어느 부분이 이상한 거죠?

갑자기 웃어 대는 여자.

여자 그러게 그게 뭐야.

사내도 덩달아 웃는다.

사내 살신은 자신의 몸을 녹이면서 불을 밝히는 초 같은 걸 보고 살신이라 하지 않나?

여자 오~ 맞네!!

여자 그럼 (사내에게) 아저씨가 해 봐요.

사내 나? 난 이행시 같은 거 해 보질 않았는데…….

여자 어때요. 해 봐요. 자살로 이행시 자!

사내 자고로 죽음이라는 것은.

여자 살!

사내 살아 있음을 내려놓는 것.

여자, 박수를 치며 좋아한다.

여자 아저씨가 훨씬 더 잘하네. 자살이라는 의미랑도 맞고……. (시한을 바라보며) 시인 아닌 것 같은데.

시한 (여인을 의식하더니) 다시 해 보시죠. 자살로 이행시!

여자 그럼 이번엔 아이디로 해요. 아저씨 아이디가 죽은 시인이니까 죽은 시인으로 사행시. 죽.

유시한 죽음을 기다리는 소년이여.

여자 은.

유시한 은유로 가득한 세상 속에서.

여자 시.

유시한 시를 쓰는 것은 또 어떤 의미인가……?

여자 인.

유시한 인…… 인생 뭐 있나?

여자 음…… 별론데……? (사내에게) 아저씨 아이디가……?

사내 사망 보험금

여자 사망 보험금 오행시. 사.

사내 사느냐 죽느냐 그것이 문제로다.

여자 망.

사내 망해도 망해도 싸그리 망했다.

여자 보.

사내 보험을 들었으니 이제 선택은 죽음인 것인가?

여자 험.

사내 험난한 인생이었다.

여자 금.

사내 금방 끝나겠지…….

여자, 사내의 말을 듣고 자신의 얼굴을 감싼다.

사내 왜 그래……?

여자 너무 감동적이에요.

유시한 자살아…… 너에게 고백하려 한다. 떨림도 두근거림도 주체할 수 없는 희열도 모두 너에게 고백하는 그 생각만으로 커다란 위안이 되기 때문이다.

여자 갑자기 뭔 소리야……?

유시한 즉흥십니다.

사내 즉흥시……?

유시한 예술가는 비로소 죽음에 이르렀을 때 그 작품이 빛나기 마련이죠. 그러니까 그것은…… 음…… 저의 죽음으로 인해 제 영혼이 작품으로 스며들기 때문입니다. 저는 제 시에 숨을 불어넣으려 하는 것입니다. 시인은 죽지만 시는 죽지 않기 때문이죠.

여자 뭐래…….

여인, 박수를 친다. 그 모습을 황당한 모습으로 바라보는 사내와 여자.

여인 예로부터 수많은 예술가와 철학자들은 삶과 죽음, 그리고 자살에 대해 깊게 사유하는 것 같아요.

유시한 맞습니다. 그런 분들은 자살에 관한 주옥같은 명언들을 남겼죠. '자살 이외 고백의 피난처는 없다. 그러므로 자살은 곧 고백이다.' 웹스터가 말했죠.

여인 '자살을 생각하는 일은 커다란 위안이 된다. 그 생각으로 불쾌한 밤을 잘 지내게 된다.' 니체.

여인의 말에 넋이 나간 표정을 짓는 유시한. 그 모습을 바라보는 사내와 여자.

여자 뭐야…….

유시한 정말…… 아름…… 멋지십니다.

여자 근데 우리 어디서 죽어요? 설마 여기서 죽는 건 아니죠?

유시한 아…… 그게…… 아직 장소는…….

사내 뭐야. 어디서 죽을지 생각도 안 해 본 거야?

유시한 아…… 그런 게 아니라…….

여인 그러니까 모인 거겠죠. 어디서 어떻게 죽을지 각자 의견을 내서 다수결로 정하죠…….

유시한 네. 맞습니다. 나 혼자 결정할 수 없는 문제라서…… 하하…….

여자 뭐 생각도 안 해 본 거 같구만…….

유시한 생각을 안 해 봤다고요?

유시한, 손목을 내보이자, 여러 번 그은 상처들이 보인다.

유시한 자살하려고 여러 번 시도했습니다. 목도 메어 보고 손목도 그어 보고 뭐 분신자살도 해 보려 기름까지 샀어요.

사내 그래서? 부었어?

유시한 아뇨…… 뭐…… 그러니까…… 기름 한 방울 나오지 않는 나라에서 기름을 뒤집어쓰고 분신자살을 한다는 것 자체가 사치이고 나아가 환경에 대한 범국민적 태도에 어긋나는 것으로 시인으로서 자격 미달이라 생각합니다.

사내 뭔 횡설수설이야? 범국민적 태도?

웃음이 터지는 사내. 여자도 덩달아 웃는다. 웃음이 그치지 않자 유시한, 어쩔 줄 몰라 한다. 여인, 무표정으로 그들을 바라본다.

사내 아…… 졸라 웃기네. 뭐가 범국민적이야. 어이, 죽은 시인 씨.

유시한 네……?

사내 아저씨. 시인 아니지?

유시한 맞는데요.

사내 어디서 주워들은 건 많아 가지고…… 시인 씨 등단은 했어?

유시한 제도가 만들어 놓은 껍데기가 시인을 만드는 건 아닙니다.

사내 아…… 그래~? 그러니까 그럼 등단은 못 했다는 거지?

유시한 (사이) 못 한 게 아니라…… 안 한 겁니다…….

사내 아! 그래? 안 한 거야? 아~ 그랬구나. 안 했구나. 안 했어.

유시한, 얼굴이 붉어져 어쩔 줄 몰라 한다.

사내 자 됐고, 어디서 죽을지부터 정합시다. 다들 의견 좀 내 봐요.

여자 음…… 나는 공기 좋고 경치도 좋은 곳에서 죽고 싶어요.

사내 나도 공감해. 이왕 죽는 거 그래도 좋은 장소에서 죽었으면 해. 산이나 바다?

여자 와~ 좋다. 바다로 가요~ 바닷가에서 회도 먹고. 와 낭만적이겠다.

사내 좋지. 회! 산은 어때? 계곡 같은 데서 죽는 것도 괜찮지 않을까? 고기도 굽고 라면도 끓여 먹고. 캠핑 가는 느낌으로다가.

여자 너무 좋아요. 바다도 좋고 산도 좋아요.

유시한 죽는 게 장난 같아요?

사내 뭐?

유시한 우리가 놀러 가는 줄 아냐고요? 제가 소풍 가려고 당신들 부른 줄 알아요? 바다나 산 같은 데서 자살하려다 누가 보기라도 하면 어떡하실 건데요? 도대체가 상식이라는 게 있는 사람들입니까?

여인 일리 있는 말이에요.

여자 아니 뭐 그런 곳에서 죽고 싶다는 거지, 뭐 꼭 바다나 산에 가자는 말은 아니잖아요. 왜 발끈하고 그래.

여인 잠시 쉬면서 머리 좀 식히고 다시 이야기하죠.

유시한 죽고 싶으면 정신 똑바로 차리세요. 예?

모두의 표정들 못마땅하다. 일어나 밖으로 나가는 유시한.

여자 아니 도대체 왜 저래……?

사내 밴댕이 소갈딱지 같으니라고…… 남자가 속이 저렇게 좁아서 무슨 큰일을 할 수 있겠어? 저러니 시나 쓰고 자빠졌지.

여인, 유시한이 나간 곳을 무심히 바라본다.

밖, 낮.
유시한, 담배꽁초를 버리고 들어가려는데 여인이 앞에 서 있다.

유시한 아, 자살 천사 님. 아까는 고마웠어요. 저런 무지한 사람들하고 죽는다고 생각하니까 막막했는데 자살 천사 님 계시니까 안심이 되네요. 그러니까 사실 죽는 날이 설레고 기다려지네요…….

여인 그러세요? 저도 설레고 기다려져요.

유시한 하하하. 정말요? 와~ 자살 천사 님도 그러셨구나.

여인 들어가시죠.

유시한 아. 네.

유시한, 안으로 들어가는데 자살 천사, 무심히 그의 뒷모습을 바라본다.

다시 그곳, 낮.
못마땅한 표정의 여자와 사내. 그와 달리 유시한의 표정은 한결 좋아 보인다.

유시한 자 그럼 장소를 정하죠. 어디가 좋을까요?

유시한의 말에 시큰둥한 반응이다.

유시한 죽기 싫어요? 적극적으로 참여해 주시죠.

잠시 정적이 흐른다.

여인 제가 알아본 곳이 있는데…….

유시한 역시는 역시네요~.

여자, 사진을 꺼내 보인다. 낡은 간판으로 OO초등학교

유시한 학교네요?

여자 아, 뭐야…… 웬 학교…… 난 학교에서 죽기 싫어요. (사내에게) 아저씨도 말 좀 해 봐요. 학교에서 죽고 싶어요?

사내 난, 뭐…… 어릴 적에 시골에 살았는데 가정 형편이 좋지 않아서 국민학교도 못 나왔어…… 그래서 학교에 가고 싶다 생각했는데…… 자살한 것처럼만 보이지 않는다면 좋지 뭐. 미안해…… (여자에게) 난 찬성…….

유시한이 사내의 어깨에 손을 얹는다.

유시한 저도 찬성합니다.

여자 아, 뭐야…….

유시한 좋게 생각해요. 잘 생각하면 학교에 대한 좋은 추억도 있잖아요. 오랜만에 학교에 간다 생각하세요. 뭐. 사진 보니까 운치도 있고 좋네. 자살 천사 님께서 좋은 장소를 선정해 주셨네요. 박수 한번 치시죠.

유시한, 박수를 치자 얼떨결에 박수를 치는 여자와 사내.

유시한 그럼 장소도 정해졌으니까 다음은 어떻게 죽을지 생각해 보죠. 자살 경험들은 다들 있으시죠?

여자 뭐…….

사내 자살 경험은 없지만 그래도 음…… 나는 보험금도 타야 돼서 차에 치여 죽는다던지 아니면 건물이 무너져서 깔려 죽든지 해야 할 텐데…… 뭐, 어쨌든 사고사가 돼야 할 것 같아.

유시한 뭐 일리 있는 말이네요. 그럼 뭐 특별하게 죽고 싶다거나 그런 건 없어요?

사내 없어.

사내의 퉁명스러운 말에 일그러지는 유시한의 표정.

유시한 근데…… 왜 반말이세요.

사내 어?

유시한 왜 말을 짧게 하시냐고요. 사망 보험금 님. 사람들이 다 우습게 보여요?

사내 아니, 난 그런 게 아니라…….

유시한 아니면 예의 좀 갖추세요. 예? 제발…….

사내 (마지못해) 예…….

사내의 반응에 덩달아 주눅이 든 여자, 그 모습을 본 여인, 의미심장한 미소를 짓고 있다. 유시한, 여인를 의식하며 살며시 입가에 미소를 짓는다.

여자, 손을 든다.

여자 저기요…… 저는 교통사고나 깔려 죽고 싶진 않은데요.

유시한 아, 그건 (사망 보험금을 가리키며) 이분에 한해서만 그렇게 하고요. 킬 미 업 님은 어떻게 죽고 싶어요.

여자 가능하면 저는 고통 없이 막 희열을 느끼면서 죽었으면 좋겠어요.

유시한 그럼 음…… 높은 곳에 올라가서 떨어져 죽는 건 어떨까요? 학교 옥상이 좋겠다. 하늘을 나는 여자.

여자 아…… 그건 좀…….

유시한 왜요?

여자 제가 고소 공포증이 있어서요. 그건 좀 힘들 거 같아요. 제 몸이 박살 나는 건 싫어요. 그리고 피를 흘리면서 죽고 싶지는 않아요. 피를 보면 너무 무서워요.

유시한 그래요. 좋습니다. 그럼 다른 방법으로……?

여인 피가 무서워? 난 너무 좋은데…… 그 맑고 순수한 빨강색. 세상 그 어떤 빨강도 피의 빨강을 흉내 낼 수 없는 거 같아.

박수를 치는 유시한.

유시한 역시 미술하시는 분이라 색에 대해서도 일가견이 있으시네요. 어릴 적 문지방에 손가락이 낀 적이 있었는데 새빨간 피가 흐르더라구요. 그때 본 피가 너무 예뻐서 가만히 보고 있었어요. 갑자기 눈물이 나더라구요. 그 영롱한 붉은색이 너무 성스럽게 느껴졌어요. 중세 미술사에서도 붉은색에 대해서 성스러움, 존귀함을 표현했잖아요. 그렇죠?

여인을 바라보는 유시한.

여인 그랬구나. 멋지네요.

유시한, 여인의 말에 자신감이 생긴다.

유시한 (여자에게) 중국에서는 예로부터 결혼식에 신랑 신부가 붉은 옷을 입었다고 합니다. 킬 미 업 님. 다시 한 번 생각해 보는 것도 좋을 것 같아요.

여자 아뇨. 전…… 싫어요.

유시한 그러지 마시고 다시 생각해 보세요. 우리 몸속에 있는 없어서는 안 될 아주 자연스러운 겁니다.

여자 아니 싫다니까요.

작은 소리로 싫다고 하는데 계속 권유하는 유시한.

유시한 무섭다고 느끼는 건 아마 피가 나면 어릴 적엔 죽는다는 생각이 들어서일 거예요. 하지만 우리는 지금 죽음을 향해 가기 때문에 무서워할 이유가 전혀 없습니다. 오히려 나를 채우고 있던 빨간색을 지움으로 온전히 무색의 나를…….

여자 싫어!!!!! 전 싫다고요! 제가 싫다는데 왜 자꾸 강요하세요!!

유시한 아니 난 강요가 아니라…….

여자 싫다고요!!!! 싫어!!!!!

울고 있는 여자. 분위기가 싸늘하다.

사내 싫다는데 왜 자꾸 강요를 해! 그냥 하고 싶은 거 하게 놔둬요.

유시한 아, 예…… 그럼.

이때 들려오는 휴대 전화 벨 소리. 발신자 문구에 뜬 '마녀'. 전화를 받지 않자 사람들이 의아한 표정으로 바라본다. 밖으로 나가는 유기한.

여자 정말 싫어.

사내 아니, 도대체 왜 그런 건데…… 지가 잘났으면 얼마나 잘났다고…….

여자 저…… 그냥 가야겠어요. 그냥 혼자 죽을래요.

여인 그래도 혼자 죽으면 무섭지 않겠어?

사내 그래. 저런 놈하고 죽느니 차라리 따로 혼자 죽는 게 낫겠다…….

여자 그럼 아저씨 저랑 따로 죽을래요?

사내 어? 그럴까? 그래. 그럼 되겠네. 아가씬 어때? 저 자식 버리고 우리끼리 따로 죽는 게?

여인 그래도…… 죽은 시인 님께서 우리를 모이게 했는데…… 그건 좀…….

사내 뭐, 어때? 저 자식은 잘난 놈이라니까 다시 사람들 모아서 같이 죽으라지 뭐. 어이구 저놈 만나 같이 죽을 사람들이 불쌍하다.

여자 죽을 수나 있겠어요.

사내 그러게…… 크크.

사내, 무언가 떠올랐는지 곰곰이 생각하더니

사내 자 다들 일루 와 봐.

세 명이 모여 작당 모의를 한다.
서서히 암전.

한적한 시골, 낮.
인상을 찌푸리는 유시한. 그 앞에서 실실 웃고 있는 사내.
유시한의 가방을 내려놓는다.

사내 이거 어쩌지? 짐이 너무 많아서 탈 자리가 없네.

유시한 아니, 자동차가 오 인승인데 자리가 없다뇨?

사내 그러니까 말했잖아. 아 죄송. 예의 있게…… 아까 제가 말씀 드렸다시피 짐이 너무 많아요. 죽은 시인 님은 따로 죽으시던지 아니면 다른 분들을 찾으시던지 해야 될 거 같아요. 정말 아쉽게도 자리가 없어 요.

유시한 자살 천사 님! 제가 알아서 갈게요. 주소 알죠? 주소 좀 말해 주세요.

사내 말귀를 못 알아먹는 거야. 멍청한 거야.

시한 뭐…… 뭐요?

사내 우리 모두가 당신하고 같이 죽기 싫다고.

유시한 네……?

차에 타는 여인.

사내 미안하게 됐수다.

차량 떠나는 소리 들린다. 홀로 남은 유시한. 차가 떠난 자리에 사진 한 장이 떨어져 있다. 사진을 들어 보이는 시한. 여인이 보여 준 폐교 사진이다.

유시한 천사 님…… 안 돼!!!

유시한, 좌절한다.

폐교, 낮.

여자 아우 통쾌해!!! (사내에게)

사내 야, 그놈 하나 없다고 분위기 이렇게 다르네.

여자 그러게요. 너무 좋아요.

학교 앞에 도착한 사람들.

여인 다 왔어요.

학교 전경이 보인다. 폐교라 그런지 분위기가 을씨년스럽다. 학교 안으로 들어가는 세 사람.

교실 안, 낮.
여자, 무서워한다.

사내　아우 을씨년스럽네…….

여자　아…… 무서워…….

여인　죽으려는 사람이 뭐 이렇게 무서워해?

사내　무서우면 음악 틀어 줄 테니까 춤 한번 춰 봐.

여자　예? 여기서 무슨 춤을 춰요.

사내　이제 좀 있으면 죽을 텐데 마지막으로 멋지게 춤 한번 춰 봐. 여길 무대라고 생각하고~!

여자　음…… 좋아요!

주위를 둘러보는 사내와 여자. 댄스 음악이 흘러나오는 교실 안 춤을 추고 있는 여자. 박수를 치고 있는 사내.

사내　와 잘한다. 이렇게 잘하는데 왜 안 뽑아 줬대……?

여자　아이돌 하기엔 마스크가 좀 딸리나 보죠. 뭐.

사내　하긴…….

여자　뭐요?

사내　(웃으며) 농담이야!! 예뻐. 춤도 잘 추고…… 내 딸도 춤 잘 추는데…… 암튼 너 만나서 다행이다. 고맙다.

여자　아 뭐임……? 눈물 나게…… 울 아빠는 나한테 관심도 없는데…….

사내　안 그럴 걸……? 세상 어느 아빠가 자기 딸한테 관심이 없을까……?

(여인을 향해) 안 그래? 아가씨?

창밖을 뚫어지게 바라보고 있는 여인.

사내 뭘 그렇게 뚫어지게 바라봐?

여자도 여인과 사내 곁으로 다가가 여인이 응시하고 있는 곳을 바라본다.

여자 언니? 왜요?

여인 아깝다…….

여자 뭐가요?

여인 시인 씨…….

사내 뭐야? 뭐 그런 놈을 생각하고 있어. (사이) 혹시 좋아하기라도 한 거야?

여인, 사내를 차갑게 바라본다.

사내 (흠칫 놀라더니 멋쩍게 웃으며) 농담이야. 농담.

여자 아! 우리 밥 먹어요. 제가 어제 밤잠을 설쳤거든요. 오늘 죽는다니까 설레기도 하고 좀 무섭기도 해서 맛있는 거

먹고 죽으려고 밤새 도시락 쌌어요.

사내 이야~ 맛있겠다. 하나 먹어 봐도 돼?

고개를 끄덕이는 여자. 도시락 반찬 하나를 집어 먹더니,

사내 우와~ 맛있다. 하하하.

여자 언니도 드세요?

여인 왜 나한테 자꾸 언니라고 해?

여자 네? 아…… 저는 96년생인데…… 언니 아니에요?

여인, 여자를 한참 바라보더니,

여인 맞아.

여자 아…… 그게 나이 들어 보여서 그런 게 아니라 제가 원래 처음 보면 다 언니라고 해요. 오해하지 마세요. 언니…… .

사내, 여인의 눈치를 보다가,

사내 그래. 나이 들어 보이진 않아. 나도 왜 언니라고 하는지 좀 의아하긴 했어. 하하하. 아! 맞다. 나도 준비한 게 있지. 예전에 만두 가게도 했었는데 함 빚어 봤어. 먹어 봐.

여자, 만두를 집어 먹는다.

여자 (엄지를 치켜 올리며) 맛있어요.

사내 그래? 하하하. 자살 천사 님도 먹어 봐.

여인 저도 준비한 게 있어요.

가방에서 보온 물통을 꺼내 컵에 따라 건넨다.

여인 연잎차예요.

사내 오, 연잎차!

여자 연잎차? 처음 들어 보는데?

사내 이거 좋은 거야. 특히 여자들 피부 미용에 좋아. 자, 그럼 먹고 죽은 귀신이 때깔도 좋다던데 식사하자고!

여인 (차를 들어 보이며) 그럼 최후의 만찬을 위하여!

사내, 여자 위하여!

숲속, 낮.
태양을 바라보는 유시한. 태양빛에 눈이 부셔 눈을 가늘게 뜨고 있다.
나무에 동아줄을 매어 자신의 목에 거는 유시한.

유시한 특별할 것 하나 없는 지루한 여행이었다. 시발…… 여행을 끝내려니 두려운 건가? 그래서 망설이는 것인가? 아니 너 없는 종착지에 혼자 내리려니 그게 두려운 거다. 시발 것들아. 야이 시발 연놈들아!!!!

폐교, 낮.
조명 들어오면 여인이 돌아다니는 모습이 보인다. 여자와 사내 묶여 있다.
여자 몸이 움직이지 않자 의아해한다. 여인 밖으로 나간다.

여자 아우…… 머리야…… (쓰러져 있는 사내를 발로 차며) 아저씨? 아저씨!!!

사내 (일어난다.) 어? 뭐야? 아…… 머리야. 이게 뭐야? 엉? 수갑 아냐? 누가……? 자살 천사 님은?

여자 언니 밖으로 나가던데…….

사내 이거…… 혹시…… 뭐 이벤트 하려고 그런 거 아냐?

여자 정말요? 뭘까? 테마 자살? 그럼 상황극 같은 건가? 와 스릴 있어!!

이때 여인이 들어온다.

여자 언니! 우리 왜 묶었어요? 이벤트 해 주려는 거예요?

여인 음…… 뭐 비슷해.

여자 뭐 납치극 같은 그런 상황인 거예요?

여인 응. 뭐…… 그런가?

사내 그러면 자살 천사 님께서 우릴 대신 죽여 주는 건가요?

여인 그렇죠.

사내 그럼 최대한 자살같이 보이지 않게 해 주세요.

여인 걱정 마세요. 시신은 토막 내서 강가에 둘게요.

사내, 여인의 말에 당황한 기색이다.

사내 뭘 그렇게까지…….

여인 이왕이면 확실한 게 좋잖아요. 지금부터 천천히 즐겨 줄게요.

분위기가 섬뜩하다.

여자 그럼. 음…… 살려 달라고 할까요?

여인 그럼 좋지.

여자 그럼 언니가 살인마?

여인 응.

여자 와~ 멋있어.

장비를 꺼내는 여인.

여인 어떻게 죽여 줄까?

여자 글쎄요? 뭐가 좋을까? 어? 근데 그럼. 언니는 혼자 죽어요?

사내 우릴 죽여 준 다음에 죽겠지. 누군가는 악당이 되어야 하니까.

여자 아, 외롭겠다…… 언니 괜찮겠어요? 혼자 죽을 수 있겠어요?

자지러지게 웃는 여인. 의아한 표정으로 바라보다가 같이 웃는 사내와 여자.

여인 너희 졸라 웃긴 거 알아? 괜찮냐고? (웃음) 쥐가 고양이 생각해 준다는 게 이런 말인가? 내가 왜 죽어? 난 안 죽어.

여자 그게…… 무슨 말이에요?

여인 난 원래 죽고 싶지 않았어. 그냥 죽이고 싶을 뿐이지.

여자 언니…… 장난치지 마세요…….

여인 장난?

여자의 목을 조르는 여인. 목이 졸려 괴로워하는 여자.
여자의 눈이 뒤집혀 흰자위가 보인다. 목에서 손을 떼는 여인.
여자, 기침을 하며 가쁜 숨을 내쉰다.

여인 (웃으며) 이래도 장난 같아?

여자 언니 왜 이러세요? 무섭게…… 아저씨. 언니 좀 말려 줘요.

사내 (웃음) 이야…… 살인마였어? 야, 이거 상황이 재밌게 돌아가네. 그래. 난 오히려 다행이네. 잘됐어. 진짜로 살해당한 거니까 보험금은 백 프로 나오겠지…….

여인 그러게 (송곳을 꺼내며) 좋겠어 아주~.

<u>사내의 다리를 사정없이 찔러 댄다. 비명을 지르는 사내.</u>

여인 어때? 좋아?

사내 악!!!! 으윽…….

여인 이번엔 뭘로 해 줄까?

여자 언니 왜 그래요. 난 이렇게 죽고 싶지 않아.

여인 아, 그래? 어떻게 죽고 싶어?

여자 몰라요.

여인 빨리 말해 봐. 니가 원하는 대로 죽여 줄게 ~ 어서.

여자 모…… 몰라요…… 죽고 싶지 않아요. 살려 주세요. 언니…….

여인 뭐? (사이) 살려 달라고? 아니 죽으러 온 연놈들이 살려 달라니 무슨 말도 안 되는 개소리야.

여자 모르겠어요. 살고 싶어졌어요. 언니 왜 이러세요……? 무서워요…….

여인 무서워? 니가 너 자신을 죽이려 할 때는 괜찮고 내가 죽여 준다니까 무서워? 멍청하기는…… (낫을 꺼내 드는 여인) 누구부터 죽여 줄까……?

사내 자…… 잠깐…… (고통스러워하며) 사…… 살려 줘…….

여인 뭐라고?

사내 살려 달라고요…….

여인 음…… 싫은데……?

자지러지게 웃는 여인.

여자 제발요. 살려 주세요. 부탁드릴게요……. 무섭게 왜 이러세요…….

여인 죽으려는 연놈들이 왜 갑자기 변덕이야?

여자 죄송해요. 살려 주세요. 제발요…….

사내 제발…… 부탁드리겠습니다. 사…… 살려 줘요…….

여인 찌질하기는…… 좋아. 그럼 하나는 살려 줄게. 그럼 누가 죽을래?

사내 아니…… 우리 둘 다 살 수 있는…… 방법은 없을까요?

여자가 사내의 말을 자른다.

여자 이 아저씨요. 이 아저씨는 보험금이라도 받잖아요. 저는 아무것도 없어요.

사내 너 뭐 하는 거야. 지금. 너 너무하는 거 아냐? 난 딸이 있어.

여자 저도 집에서는 귀한 딸이에요. 아저씨는 오래 살았고 어차피 죽으려고 했잖아요. 아저씨 딸이 죽는다고 생각해 봐요. 얼마나 가슴이 아픈지.

사내 그러는 넌. 니 아빠가 죽는다고 생각해 봐. 넌 마음 안 아파?

여자 안 아파! 우리 아빤 맨날 술 처먹고 늦게 들어오는 아빠가 나한테 해 준 게 뭔데……? 그게 아빠야? 주정뱅이 알콜 중독자지.

사내 와~~~ 이런 나쁜 년. 하! 딸 가진 부모 다 소용없다더니…… 너를 두고 하는 말이구나. 내 딸이 너같이 될까 봐 두렵다. 저기 아가씨. 아니, 자살 천사 님. 이런 싸가지 없는 년은 죽어 마땅합니다. 이년을 죽여 주세요.

여자 아닙니다. 살려 달라고 먼저 말했던 건 접니다. 이 새끼는 지 딸도 사지에 내보낼 개새끼예요.

사내 뭐 개새끼? 이 개 같은 년아…….

여자 왜 이 미친 새끼야.

사내 뭐?!! 이 샹녀러 년이…….

여인 조용! 조용!!!

<u>싸움을 멈추는 사내와 여자.</u>

여인 음…… 그럼 좋아 삼행시로 결정하자. 불만 없지?

사내 삼행시라뇨…… 아니 어떻게 사람 목숨을…….

여자 좋아요! 언니. 삼행시로 해요!

사내 저, 미친년이…….

<u>서로 눈치를 보다 고개를 끄덕인다.</u>

여인 그럼 뭐가 좋을까? 그래 살려 줘! 살려 줘로 3행시 하자.

사내 잠깐! 두음 법칙 되죠?

여인 응. (여자에게) 너부터 해. 살!

여자 네? 왜 저부터죠? 이 아저씨부터 해요.

여인 자, 5초 시간 줄게 5, 4, 3, 2, 1.

여자 살려 주세요!!!! 아…… 살려 주세요……? 아!!! 살려 주세요.

여인 려.

여자 여자잖아요. 저는

여인 줘.

여자 줘…… 줘…… 줘스트 모먼트……?

여인 음…… (사내에게) 다음은 너. 살!

사내 살아 있다는 것이 이렇게 행복한 것이었다면.

여인 려.

사내 여기까지 오지 않았을 겁니다. 제발 부탁드립니다. 제 마지막 소원입니다.

여인 줘.

사내 줘…… 줘엄만 봐 주세요…….

여인 음…… 둘 다 별론데…….

사내 그럴 리가 없습니다. 제 삼행시가 확실히 더 낫습니다. 줘스트 모먼트라니…… 세상에!!

여자 그럼 넌 줨만 봐 주세요~~. 그게 뭐야? 아~ 줨만 하구나~ 맞네. 줨만이!!

사내 아유~! 이 고약한 년아 넌 공부나 해! 문맥상 줘스트 모먼트가 맞냐?

여자 초등학교도 못 나온 모지리 새끼가 누구한테 뭐라 그래?

사내 난 초등학교가 아니라 국민학교거든.

여자 어이구! 국딩이라 좋겠네!!

여인 아 시끄러!! 그럼 공평하게 내 맘대로 정하지. 음…… 어느 것을 죽여 줄까 알아 맞춰 보십시오~. 딩동댕?

사내에게 낫을 가리킨다.

사내 동~! 딩동댕동 동!!! 저희 동네에서는 딩동댕 동!!! 까지 있습니다. 하하하!!

여자 무슨 말이야! 딩동댕 유치원 몰라!? 원래 딩동댕까지야.

사내 시끄러! 어린년이 꼬박꼬박 말대꾸야!!

여자 닥쳐! 니가 동심을 알아? 넌 아빠 될 자격도 없어! 이 꼰대 새끼야!

사내 뭐, 새끼? 이런 개 같은 년이……? 너 같은 년을 딸이라고 낳은 니 부모 얼굴이 보고 싶다! 이 음식물 쓰레기 같은 년아.

여자 니 딸을 생각해 봐. 너 같은 새끼들이 아빠라고 하니까 쪽팔려서 자살하는 거야. 빙다리 핫도그야.

사내 아오 이런 지독한 년!! 너같이 지독한 년들은…….

여자 킹받쥬? 개킹받쥬? 어쩔 티비, 저쩔 냉장고! 꾸꾸루삥뽕!

여인 시끄러!! 어차피 너희 둘 다 살려 줄 생각 없어. 누가 먼저고 누가 나중이냐 그 차이일 뿐이야!!! 아저씨부터 가자!!! 어디부터 잘라 줄까?

사내 으악!! 살려 주세요. 제발 부탁드려요.

여자 아!! 무서워요!! 제발요. 언니 살고 싶어요…….

여인 (자지러지게 웃으며) 너희들의 노랫소리가 나를 살아 있게 만들어. 아주 맛있어!

여인이 낫을 들자 사내와 여자 공포에 질려 비명을 지른다.

여인 그래. 더 크게!!! 더 크게 소리 질러!!!

여인, 낫을 휘두르려는 순간 싸이렌이 울리며,

경찰 꼼짝 마!!! 움직이면 쏜다. 그 낫 버려!!!

모두 정지 동작으로 멈추며 조명 서서히 아웃되며 조명 전환된다.

숲속, 낮.
조명이 켜지면 절벽에 서 있는 시한의 모습이 보인다.

유시한 오늘 너희들은 나를 버렸다. 함부로 구기고 찢어 발겨져 나는 그렇게 버려졌다…… 그래 언제는 혼자가 아니었던가…… 그래 난 이제 날아가련다. 어느 시인이 말했다. 바람을 만난 새는 날갯짓을 하지 않는다고…… 그래. 날개…… 나의 날개…… 나는 날갯짓을…… 나는…… 날개가 없잖아…….

눈물을 흘린다.
유시한의 모습이 보이고 소리를 지르다가 112에 전화를 건다.

유시한 여보세요. 경찰서죠. 자살하려는 사람들이 있어서 신고 좀 하려는데요. 네. (사진을 들어 보이며) 네. OO초등학교라고…… 폐교입니다.

다시 교실 조명 전환되고.

여인 하아…… 좆 됐네.

막.

가장 불행한 죽음은 바로 자살이다. 그것은 자신을 죽이는 살인의 형태를 띠고 있기 때문이다. 또한 자기 자신에게 죽임을 당하는 어리석은 행위가 바로 최악의 죽음 즉, 자살이기 때문이다.

신기루

초판 1쇄 발행 2024년 7월 12일

지은이 이훈국
펴낸이 이계섭
책임편집 박찬세

펴낸곳 (주)백조
주소 경기도 화성시 남여울3길 19 201호
출판등록 2020년 8월 14일
전화 031—8015—0705
팩스 031—8015—0704
E—mail baekjo1120@naver.com

값 12,000원 ISBN 979-11-91948-21-9(03810)